KB119701

세상의 끝,
오로라

여 행 자 의 마 지 막 버 킷 리 스 트

세상의 끝, 오로라

이호준 김진석 지음

예담

P R O L O G U E

생애 가장 황홀한 순간, 오로라

하늘로 18,000km, 땅 위로 10,000km, 지나온 나라 15개국….

'오로라를 찾아가는 여행'이 끝나갈 무렵 수첩에 기록한 숫자들입니다. 2016년 1월 31일 서울을 출발해서 3월 2일 돌아온 대장정. 돌아보면 고통과 행복이 쉬지 않고 교직된 날들이었습니다. 한겨울에 캠핑카를 타고 유럽을 누비는 과정은 여행이라는 말보다는 모험이라는 말이 더 어울렸습니다. 하지만 목적지까지 비행기를 타고 편안하게 가는 여행은 우리의 사전에 없었습니다.

파리를 출발해서 북상하는 길, 벨기에 · 네덜란드 · 독일 · 덴마크까지는 비가 내렸습니다. 스칸디나비아 반도의 들머리인 스웨덴에 들어서면서, 비는 눈으로 바뀌어 끊임없이 길들을 지웠습니다. 눈에 막혀 도시로 들어갈 수 없는 날은 노숙을 할 수밖에 없었습니다. 사고로 눈 속에 처박힌 캠핑카를 꺼내기 위해 사투를 벌이기도 했습니다.

오지에서 음식점을 찾지 못해 끼니를 놓치기 일쑤였고, 캠핑장이 문을 닫는 바람에 저녁까지 굶는 날도 있었습니다. 하지만 그 정도 난관은 그저 견디면 되는 일이었습니다. 가장 큰 고통은, 계속 날이 궂어서 오로라를 볼 수 없을지도 모른다는 불안감이었습니다. 신이 하늘의 문을 열어주지 않으면 그 누구도 오로라와 만날 수 없기 때문입니다. 날마다 간절한 기도와 함께 잠들고 잠에서 깨었습니다.

포기라는 단어를 떠올린 적은 없습니다. 오로라를 만날 때까지 쉬지 않고 가는 것 외에 다른 선택은 없었습니다. 행운의 여신이 손을 내밀 것이라는 희망의 끈을 놓지 않았습니다. 그 믿음은 헛되지 않았습니다. 북극과 가까워진 어느 도시에서 캠핑장을 찾지 못하고 노숙을 준비하던 저녁, 느닷없이 오로라가 찾아왔습니다.

북서쪽 하늘에 선명하게 펼쳐진 녹색 비단 띠. 처음 만난 오로라 앞에서 저도 모르게 무릎을 꿇고 말았습니다. 비·눈·추위·배고픔·불면·걱정… 모든 고통이 한꺼번에 씻겨나가는 순간이었습니다. 시간이 한참 지난 지금도 그 순간을 표현할 말을 찾지 못하고 있습니다. 아무리 생각해봐도 오로라는 인간의 언어로 그려낼 대상이 아닙니다. 태양이 그렇듯, 오로라는 오로라일 뿐입니다.

생애 가장 황홀한 순간이었다는 말로 모든 수사를 대신합니다.

오로라를 찾아가는 프로젝트가 성사되기까지 많은 분들의 도움을 받았습니다. 특히 어려운 형편에도 펀딩에 참여해준 모든 분들에게 깊이 감사드립니다. 한 분 한 분 이름을 가슴에 새기겠습니다. 파리와 말뫼, 부다페스트에서 따뜻한 손길을 내밀어주신 분들, 그리고 여행 내내 응원을 아끼지 않은 친구들에게 깊이 고개 숙입니다.

30일 간의 기록을 세상에 맡겨두고 다시 배낭을 꾸립니다.

CONTENTS

1주차 파리에서 말뫼까지

2 주 차 말뫼에서 트롬쇠까지

3 주 차 트롬쇠에서 부다페스트까지

4 주 차 부다페스트에서 파리까지

5 주 차 파리에서 서울까지

에필로그

1 주 차

파리에서 말뫼까지

PARIS
PARIS
PARIS

파리에는 겨울비가 내렸다

¶

샤를드골 공항에 비가 내린다. 2016년 1월 31일 오후 6시 18분. 서울 시간으로는 2월 1일 새벽 2시 18분. 공항은 어둠 속으로 깊숙이 침몰해 있다. 유리창에 얼비친 활주로가 불빛을 받아 번들거린다. 잠수함을 타고 흐린 바다 속을 지나가는 것 같다. 환영식 치고는 좀 심술궂군. 여객기 이코노미석에서 열두 시간 가까이 버티면서 굳어버린 몸을 이리저리 풀며 투덜거린다. 파리의 첫인상은 조금 음울하다.

수하물을 찾아 문을 밀고 나선 순간 서늘한 바람이 와락 안겨든다. 생각보다 춥지는 않다. 서울에서 입고 온 겨울 점퍼가 둔중하게 느껴진다. 춥지 않아 다행이지만 비는 예상하지 못한 복병이다. 머릿속은 아직 서울, 몸은 파리. 혼돈 속에서 맞는 겨울비는 약간 당혹스럽다.

유럽의 주요 관문인 파리 국제공항은 프랑스의 독립과 자유를 위해 싸운 영웅 샤를 드골Charles De Gaulle 장군의 이름에서 따왔다. 나치스 독일에게 해방되고 승리에 찬 얼굴로 당당히 걸어오는 모습의 동상이 샹젤리제 거리에 세워져 있다.

하지만 이것저것 따질 때가 아니다. 부지런히 움직여야 한다. 로비에서 기다리고 있던 프랑스인 브노아DONGÉ Benoit를 만났다. 키가 훤칠한 사내가 얼굴 가득 웃음을 띠고 우리 쪽으로 다가온다. 이쪽에서는 김진석 작가가 반가운 얼굴로 손을 잡는다. 나는 처음 만나는 것이지만 별로 낯설지 않았다. 만나자마자 정이 든 건가? 키가 얼마나 큰지, 악수를 하는데 한참 올려다보게 된다. 앞으로 생사고락을 함께할 친구. 첫인상이 밝은데다 은은한 미소가 안도감을 준다.

앞장선 브노아가 꽤 서두르는 기색이다. 10분 이내에 공항을 나가야 주차비가 무료란다. 차 주인의 키에 비해 턱없이 작아 보이는 차에 짐을 구겨 넣고 나니 사람 탈 곳이 없다. 그래도 짐만 보낼 수는 없지. 묘기 부리듯 구석마다 구겨 앉은 채 출발한다. 목적지는 파리의 외곽 셸Chelles에 있는 브노아의 집이다. 오늘은 그곳에서 저녁을 먹고 하룻밤 묵기로 예정돼 있다. 20~30분쯤 달렸을까? 희미하게 보이는 한적한 시골마을에 차가 선다. 마을 역시 빗속에 깊이 가라앉아 있다. 비에 젖어 질척거리는 골목길을 걸어 브노아의 집으로 간다.

아담한 동양인 여인이 우리를 반겨준다. 이 집의 안주인 조미진 씨다. 이름으로 알 수 있듯이 한국인이다. 브노아의 아내이고 '나무'와 '우주'라는 예쁜 이름을 가진 두 남자아이의 엄마다. 『프랑스에서 한국을 바라보다』(아이스토리, 2016)라는 제목의 책을 쓴 작가이자 파리의 일상을 꼼꼼하게 기록하는 사진작가이기도 하다. 그녀는 16년 동안 파리지앵의 아내로 살면서도, 한국적을 버리지 못하고 '한국'이란 이름을 화두처럼 붙잡고 있다.

우리 일행이 브노아의 집에서 묵게 된 것은 미진 씨와 진석의 인연 덕분이다. 그들은 사진이라는 공동의 관심사를 통해 서로 알게 됐다. 전에 진석이 파리에서 사진 작업을 할 때도 많은 도움을 받았다고 한다. 경비가 넉넉지 않은 판에 큰 덕을 보는 셈이다. 서울에서 파리까지 이어지는 인연이 결코 가볍지 않다.

파리에서의 첫날 밤은 와인파티로 시작한다. 우리의 도착에 맞춰 미진 씨가 몇 가지 한국 음식을 준비했다. '당분간 이런 걸 먹어보겠느냐?'라는 듯 작심하고 차려낸 음식이 한 상 푸짐하다. 달걀부침과 생선구이·멸치조림·김… 그리고 비장의 파김치. 한국에서 먹는 파김치보다 훨씬 맛있어서 자꾸 젓가락이 가는데, 지인이 나눠준 것을 아끼고 아껴가며 먹는 거라고 고백한다.

식사와 함께 와인을 마시며 브노아와 정식으로 인사를 나눈다. 대화에는 영어와 한국어가 마구 섞인다. 브노아는 영어를 능숙하게 구사하는 것은 물론 아내 미진 씨의 영향으로 한국말도 조금 할 줄 안다. 말이 잘 통하지 않아도 소통에는 아무 문제가 없다. 브노아와 미진 씨 사이에서 태어난 큰아들 나무는 한국 나이로 열다섯 살이다. 작은아들 우주는 열세 살. 같은 부모 아래 나이 차도 얼마 안 나지만 외모는 좀 다르다. 나무가 아버지를 닮아 프랑스인에 가까운 외모라면 우주는 어머니의 동양적인 얼굴을 많이 물려받았다.

다른 프랑스인들의 주거생활을 들여다보지 못했으니 비교할 대상은 없지만, 이 집은 네 식구가 살기에는 좁아 보인다. 한국으로 보면 작은 시골집 정도다. 미진 씨는 집을 보러 왔다가 마당에 있는 체리나무를 보고 묻지도 따지지도 않고 덜컥 샀다고 한다. 그만큼 이 집 식구들은 낭만주의자들이다. 구조는 2층집으로 1층에는 거실과 주방, 화장실, 샤워실이 있고 2층에는 작은 방이 두 개 있다.

◇◆◇

우리 앞에 무엇이 기다리고 있을까.

과연 오로라를 만날 수 있을까?

평소에는 부부가 1층 거실에서 자고 아이들이 방을 하나씩 쓰는데, 손님이 세 명이나 들이닥치는 바람에 아이들은 졸지에 방을 빼앗기고 말았다. 거실에서 일가족이 함께 자고 한국에서 온 손님들에게 방을 내준 것이다. 그래도 아이들의 얼굴에는 불만의 기색이 없다.

파리에서의 첫날 밤, 그리고 오로라를 찾아가는 대장정은 이렇게 시작되었다. 우리 앞에 무엇이 기다리고 있을까. 과연 오로라를 만날 수 있을까? 와인을 제법 마시고도 잠이 오지 않는 까닭은 시차 때문만은 아닐 것이다.

루브르에서 길을 잃다
¶

오랫동안 뒤척이다가 깜박 잠든 것 같은데 창문이 부옇다. 한국은 오후로 접어들 시간이겠구나. 시차에 적응하지 못한 몸은 본능적으로 살던 곳의 시간을 계산한다. 프랑스와 한국 사이에는 일곱 시간의 시차가 난다. 한국보다 시간이 늦게 가는 파리로 오면 일곱 시간을 버는 셈이다. 물론 특별히 좋아할 건 없다. 한국으로 갈 때 반납해야 할 시간이니까.

잠이 짧아서인지 피로감이 온몸에 덕지덕지 붙어 있다. 물기를 잔뜩 머금은 이불도 방도 축축하다. 그러니 몸이 무거울 수밖에. 파리는 지금 겨울 우기다. 며칠째 비가 그치지 않는다고 한다. 이곳 사람들은 그러려니 하는 표정이다. 그나마 춥지 않은 게 다행이다.

여행 준비를 위해 파리에서 이틀 동안 머물 예정이다. 숙소도 따로 잡지 않고 브노아 집에서 신세 지기로 했다. 경비 줄이는 점이야 환영할 일이지만 아이들에게 보통 미안한 게 아니다. 오늘은 진석과 브노아가 여행에 필요한 물품을 사러 나가고, 유홍과 나는 미진 씨와 함께 파리를 돌아보기로 했다. 오늘의 주요 방문지는 루브르 박물관. 미술품 애호가인 유홍의 의사가 많이 반영됐다.

일정이 바쁜 브노아와 진석이 먼저 나가고 나무와 우주도 학교에 간 뒤 미진 씨와 함께 느긋하게 집을 나섰다. 집이 텅 비었는데도 문단속을 하지 않는다. 노트북이니 카메라니 두고 나온 짐이 걱정된 내가 물었다.

"이 동네에는 도둑이 없어요?"

"좀도둑 걱정은 별로 없는데 집시들이 가끔…."

"집시요? 여기도 집시가 있어요?"

"그럼요. 그들이 안 가는 곳이 있나요?"

그러면서도 특별히 문단속을 할 생각은 없는 것 같다. 하긴 꼼꼼하게 잠가도 마음만 먹으면 누구나 들어갈 수 있을 것 같은 집들이 나란히 서 있다. 비는 그쳤지만 하늘은 여전히 묵지근한 표정으로 내려앉아 있다. 3월까지는 이렇게 흐린 날씨가 계속 된다고 한다.

전철은 말 그대로 다문화이다. 전형적인 유럽인은 물론 아프리카계, 아시아계, 아랍계 등 여러 인종이 섞여 있다. 서울의 전철도 과거에 비해 꽤 여러 나라 사람들이 이용하지만 이곳에 비하면 아무것도 아니다. 프랑스는 여전히 난민의 망명이 허용되는 나라다. 프랑스의 여유와 자부심은 공항의 입국장에서 확실히 확인할 수 있었다. 테러 발생 이후에 입국심사가 무척 까다로워졌을 것이라는 예상과 달리, 여권을 보여주는 것만으로 모든 절차가 끝났다. "얼마나 머물 거냐? 돈은 얼마나 가져왔냐? 네 나라에서는 무슨 일을 하느냐?"라는 등의 질문이 쏟아지거나, 심지어 지문을 찍어야 입국이 허용되는 나라에 비하면 싱거울 정도였다. 이곳이 어디인가. 2015년 11월 13일 여섯 곳에서 발생한 자살 폭탄 테러 및 총격 사건으로 130명 이상이 사망하고 300명 이상이 부상한 파리가 아닌가. 그런 끔찍한 테러 이후에도 호들갑을 떨지 않는 태도에서 '내공'을 읽는다. '가장 큰 복수는 일상으로 돌아가는 것'이라는 말을 실감할 수 있는 계기였다.

파리 중심가의 'Madelaine' 역에 내려서 걷는다. 한 도시를 알고 싶다면 무조건 걷는 것이 좋다. 하지만 '중심가'라는 말과 '빌딩'을 하나의 이미지로 생각하는 습관이 밴 내게는 좀 당혹스러운 풍경이다. 아무리 둘러봐도 높은 건물은 보이지 않고 거리에는 오랜 시간이 고여 있을 뿐이다. 파리에는 7층 이상의 건물을 지을 수 없다고 한다. 건물이 낡으면 새로 짓는 게 아니라 수리해서 쓴다. 부럽다는 말이 절로 나온다. 600년의 시간을 품은 피맛골을 인정사정없이 때려 부수고 바벨탑 쌓듯 거대한 건물들을 올리는 서울에 정나미가 떨어졌기 때문이다. 한 도시의 진정한 가치는 높은 빌딩에서 나오는 게 아니라 시간과 문화에서 나온다는 사실을 눈으로 확인한다.

루브르 박물관으로 가기 전에 점심을 해결하기로 하고 식당을 찾아 들어갔다. 금강산도 식후경이라는 말을 빌리지 않더라도, 파리에 왔으면 세계 최고라는 프랑스 음식부터 먹어보는 게 예의. 자리를 잡고 앉으니 잘생긴 청년이 '오늘의 메뉴'를 들고 온다. 알아서 고르라며 놓고 갈 줄 알았더니 하나씩 짚어가며 설명을 한다. 습관적인 설명이 아니라 손님에게 가장 알맞은 정보를 주겠다는 의지가 읽힌다. 이런 프로 의식과 자부심은 대체 어디서 나오는 것일까. 프랑스 음식에 어찌 밥만 먹을 수 있나. 와인을 한 병 주문했더니 들고 와서 또 자세하게 설명을 해준다.

루브르 박물관의 상징 유리 피라미드 앞에서

미진 씨는 생선을, 유홍과 나는 안심 스테이크를 시켰다. 프랑스 음식은 역시 기대를 저버리지 않는다. 섬세한 맛이 입안을 즐겁게 해준다. 음식 값은 디저트까지 합쳐서 모두 28유로. 우리 돈으로 4만 원이 채 안 되니 세 명이 맛있게 먹은 점심 값으로는 비싸지 않은 셈이다.

오후는 루브르 박물관에 시간을 할애하기로 했다. 모두 감상하려면 최소 며칠은 잡아야 하는 곳이니 턱없이 부족한 시간이지만, 그래도 이런 기회가 주어졌다는 게 얼마나 행복한 일인지. 루브르 박물관은 따로 소개가 필요 없을 정도로 잘 알려진 곳이다. 세계 최다의 미술품 소장, 영국의 대영 박물관 · 바티칸시티의 바티칸 박물관과 함께 세계 3대 박물관으로 불리는 곳, 세계에서 가장 많은 방문자….

정문에 설치돼 있는 유리 피라미드 아래로 들어가면 지하에서 나폴레옹 홀과 만난다. 이곳에 안내센터와 매표소 등이 있다. 기분 좋은 일은 안내센터에 한국어로 된 팸플릿이 있다는 것. 해외로 돌아다니다 보면 이렇게 작은 것에도 반가워하는 경우가 얼마나 많은지. 일본어나 중국어 팸플릿이 있는데 한국어로 된 것이 없으면 괜히 서운하기도 하다. 팸플릿에는 주요 작품의 위치는 물론, 친절하게도 '소매치기 예방을 위한 권고사항'까지 안내되어 있다.

미술품 애호가가 아닌 나로서는 작품들에 대해서 가타부타 말할 능력도 생각도 없다. 다만 학교에 다닐 때, 그리고 세상을 살아오면서 익히 봐온 그림들을 원화로 실컷 볼 수 있다는 건 황홀한 일이다. 레오나르도 다 빈치의 〈모나리자〉 앞에서 한동안 넋을 잃어보는 것만 해도 어딘가. 아! 그런데 〈모나리자〉만 있었다면 얼마나 좋았을까. 숱한 조각과 회화작품 앞에서 결국 혼이 나가고 말았다. 명화라고 배웠던 그림들이 너무 많다 보니 현실감이 떨어지기 시작한다. 이미 배가 부른 상태에서 맛있는 음식이 계속 나오는 경우라고나 할까? 장난감 가게에 처음 들어선 아이처럼 길을 잃고 정신없이 돌아다니고 말았다.

조금 질투가 나기도 한다. 대체 이 나라는 얼마나 부자인 거야. 가격조차 매기기 어려운 이 많은 그림들…. 잠시 가늠해보다가 포기하고 만다. 세기의 명화를 찾는 것보다 화장실을 찾는 게 훨씬 어려웠던 루브르 박물관 관람이었다.

퐁네프의 연인들을 만나다
¶

센 강은 예고도 없이 눈앞으로 다가왔다. 오르세 미술관으로 가는 길이었다. 파리를 걷다 보면 언제 어디서 무엇을 만날지 알 수 없다. 숨은 그림 찾듯, 곳곳에 명소를 숨겨두고 있는 도시이기 때문이다. 그렇다고 해도 센 강을 이렇게 느닷없이 만나다니. 눈앞에 센 강이 흐르고, 나는 느닷없이 퐁네프 다리 위에 서 있었다. 오랫동안 만나고 싶었던 다리. 잠시 머릿속이 마구 헝클어진다. 뜻밖의 상황을 마주치면 곧잘 일어나는 현상이다.

잘 아는 것 같은데 전혀 알지 못하는 곳, 바로 퐁네프 다리다. 잘 안다는 것은 인상 깊게 남은 영화 〈퐁네프의 연인들〉 덕분에 낯설지 않다는 뜻이고, 전혀 알지 못하는 곳이라는 것은 처음 와본다는 현실적인 인식이다. 센 강의 강물은 영화에서 본 것처럼 탁하게 흐른다. 〈퐁네프의 연인들〉에서 알렉스와 미셸의 아지트였던 다리 위 둥그런 난간에는, 미셸 역을 맡았던 쥘리에트 비노슈Juliette Binoche를 닮은 여자가 담배를 맛있게 피우고 있다. 영화 속의 미셸도 끈질기게 담배를 피웠지.

담배 연기 속으로 영화의 장면들이 서서히 겹친다. 음울함으로 시작하는 영화. 사랑을 잃고 거리를 떠돌며 그림을 그리는 여자 미셸이나, 거리에서 불꽃쇼를 하며 공사로 폐쇄된 퐁네프 다리 위에서 밑바닥 인생을 지탱하는 남자 알렉스. 특히 알렉스에게는 어느 날 나타난 미셸이 삶의 전부였다. 사랑은 아름다운 환경에서만 피어나는 게 아니라는 것을 증명이라도 하겠다는 듯, 그들의 사랑은 격렬하고도 위태롭다.

영화와 현실은 풍경만 겹쳐지는 것은 아니다. 영화 속에서 주인공들이 나누던 말이 환청처럼 들린다.

"사랑은 바람 부는 다리가 아니라 포근한 침대가 필요한 거야. 너에게 그런 인생은 없어."

센 강 위로 지나가는 유람선을 보고서야 현실감을 찾는다. 배의 갑판 위에 앉아 있던 관광객들이 손을 흔든다. 집착과 사랑, 구별하기 쉽지 않은 그 치명적인 감정에 대해서 오랫동안 생각한다.

다리를 건넌다. 앙리 4세의 동상이 있는 작은 광장에는 연인들의 사랑이 꼭꼭 잠겨 있는 자물쇠가 잔뜩 매달려 있다. 하긴 이곳뿐이 아니다. 센 강 위의 어느 다리에도 빈틈마다 자물쇠가 매달려 있다. 한번은 '사랑의 다리' 난간이 무게를 이기지 못하고 무너져 일부 철거하기도 했다. 젊은 연인들은 그렇게라도 사랑을, 아니 사랑의 맹세를 지키고 싶은 것일까? 센 강 바닥에는 자물쇠를 잠그고 던져버린 열쇠가 잔뜩 가라앉아 있을 것 같다. 자물쇠와 열쇠가 이별을 해야 사랑의 맹세 하나가 맺어지는 거로구나.

긴 여정을 파리에서 시작한 까닭은,
이곳에 개선문이 있기 때문이다.

개선문을 지나며 시작을 알리고 싶었다.
반드시 오로라를 보고 돌아오겠노라 다짐했다.

DV-067-ZZ

미라보 다리를 찾아보지만 어디쯤인지 짐작조차 하기 어렵다. 2006년에 개통된 '시몬 드 보부아르 다리'까지 총 37개나 되는 센 강의 다리 중에서 미라보 다리를 찾는다는 것은 보통 일이 아니었다. 나중에 미진 씨에게 물어보니 파리에서는 그리 유명한 다리가 아니란다. 하지만 내 젊은 날을 적셨던 '미라보 다리 아래 센 강이 흐르고/ 우리의 사랑도 흘러간다'로 시작되는 시 〈미라보 다리〉를 어찌 잊을까. 막상 센 강에 오니 미라보 다리는 너무 멀리 있고 시를 쓴 기욤 아폴리네르Guillaume Apollinaire는 이 세상 사람이 아니어서 만날 수 없다. 강물을 타고 흘러 저만치 멀어져가는 내 삶의 한 구간을 하염없이 바라보다 가는 수밖에.

빗속을 걸어 오르세 미술관으로 간다. 오르세 미술관은 루브르 박물관보다 훨씬 마음에 든다. 순전히 내 주관적 느낌이 그렇다는 것이다. 우선 전시 공간이 루브르만큼 넓지 않아서 동선이 편하다. 세 개 층으로 나뉜 전시 공간을 차례로 관람하면 된다. 작품들도 이곳에 있는 것들이 내 짧은 지식에 더 가깝다. 마네의 〈피리 부는 소년〉과 〈풀밭 위의 점심〉, 밀레의 〈이삭 줍기〉 등의 작품 앞에서는 오랜 친구라도 만난 듯 반갑다.

미술관 순례를 마치고 나니 어느덧 저녁. 불빛이 하나둘 싹을 틔워 파리를 꽃으로 피워낸다. 그 사이를 걸어 개선문으로 간다. 그곳에서 진석, 브노아와 합류하기로 했다. 목적지인 북유럽과는 제법 떨어진 파리에서 긴 여정을 시작한 이유 가운데 하나는, 이곳에 개선문이 있기 때문이다. 캠핑카를 타고 개선문을 지나면서 오랜 여정을 알리고 싶었다. 반드시 오로라를 보고 개선문으로 돌아오겠다고 다짐도 하고 싶었다. 하지만 우리가 미처 확인하지 못한 게 있었다. 개선문으로는 캠핑카가 지나갈 수 없단다. 그러니 걸어서라도 가는 수밖에.

한밤중의 개선문은 휘황찬란하다. 한가운데 프랑스 국기가 펄럭거린다. 개선문을 바라보며 가만히 입속으로 기원한다. 이번 여행이 성공할 수 있기를. 돌아오는 날 개선장군처럼 당당할 수 있기를. 여행을 떠나기까지의 과정이 주마등처럼 머리를 스쳐 지나간다.

오로라 프로젝트가 성사되기까지
¶

뜻밖의 제안이었다. 2015년 어느 날 사진작가 김진석이 내게 불쑥 말했다.

"형님, 오로라를 찾아가는 프로젝트 여행 한번 해볼까요?"

"오로라? 어디 가면 볼 수 있는 건데?"

사실 그 이야기를 들을 때만 해도 오로라는 내게 너무 멀리 있었다. 내가 가진 오로라에 대한 상식이라고 해봐야 기껏 초등학교 과학 수준을 넘어서지 못했다. 차라리 무지개를 찾아가자는 말이 훨씬 더 현실감 있게 들릴 것 같았다. 연상되는 단어는 부끄럽게도 '오로라 공주' 정도가 전부였다.

"캐나다 옐로나이프Yellowknife나 아이슬란드가 주요 관측지역인데, 남들이 잘 안 가는 북유럽으로 가면 어떨까 하고요."

훗날 오로라 프로젝트라고 이름 붙인 여행은 그렇게 시작되었다. 김진석 작가가 처음 제안한 내용은 조금 더 거창했다. 다섯 명 정도로 오로라 탐험 팀을 꾸린다는 것이었다. 사진은 본인이 찍고 나는 전체적인 글을 쓰고 거기에 그림을 그리거나 음악을 하거나 요리를 하는 사람들을 합류시켜 각자 책을 한 권씩 쓰자는 기획이었다. 특별히 걸릴 게 없는 나로서는 거절할 이유가 없는 제안이었다. 겨울이고 북극에 가까이 가는 것이라 결코 편하지 않으리라는 예감은 있었지만, 명색이 여행작가 아닌가. 여행작가에게는 여행 자체가 삶의 이유니까.

문제는 비용이었다. 평생 사진만 찍어온 진석이나 한 달 일해서 다음 달 집안 살림을 꾸려나가는 나로서는 감당할 수 없는 비용이 들어가는 프로젝트였다. 이 친구가 뭘 믿고 이런 기획을 한 거지? 가만히 보면 제안한 진석이나 그러겠다고 대답한 나나 황당한 사람들이었다.

"그나저나 비용은 어떻게 조달할 건데?"

"소셜 펀딩을 해보려고요. 형님이나 저 정도의 신용이면 어렵지 않을 것 같아요."

"펀딩? 적은 돈도 아니고, 그게 가능할까? 책 한 권 사주는 거하고 근본적으로 다를 텐데…."

나는 회의적이었지만 진석은 결과를 낙관하고 있었다. 진행 과정 중에, 사업가인 이유홍 대표가 우리의 계획을 알게 되었다. 그와도 형, 아우로 부르며 가까이 지내는 사이다. 그가 함께 가겠다고 손을 들고 나섰다. 사양할 이유가 없었다. 자연스럽게 지원 역할을 맡게 됐다. 참여 대상은 대폭 줄였다. 미술 · 음악 · 요리 분야를 빼고 책은 한 권만 내는 것으로 결론을 보았다. 즉, 글을 쓰는 이호준과 사진을 찍는 김진석 작가, 그리고 지원을 맡은 이유홍 대표가 한국에서 떠날 인원이었다. 경비 절감을 위해 캠핑카로 움직이고, 자고, 식사도 캠핑카 안에서 직접 해 먹기로 했다. 다만 일주일에 한두 번은 호텔에서 묵으며 피로를 풀고 빨래 등을 해결하기로 계획했다.

한겨울에 북유럽에서 캠핑카 생활이 가능할까? 불안감이나 회의도 없지 않았지만 불가능할 것 같지는 않았다. 안 되면 '파이팅'으로 때우는 수밖에. 내게는 오로라 프로젝트를 통해 이루고 싶은 목적이 있었다. 세월에 떠밀려 직장에서 나온 뒤, 세상의 변방으로 밀려난 중년 남자도 꿈을 꾸며 살아간다는 사실을 보여주고 싶었다. 좌절하지 않고 앞으로 걸어가는 모습 자체가 꿈일 수 있으니. 세상의 모든 중년들에게 용기를 주고 싶었다. 우리는 세상의 끝에 서 있는 게 아니라, 또 다른 시작점에 서 있는 것이라는 메시지를 던지고 싶었다. 그런 내게 추위나 거친 잠자리 따위는 조금도 장애가 될 수 없었다.

펀딩에 대해서는 이견이 있었다. 원래는 계좌당 3만 5,000원으로 할 계획이었다. 가능하면 많은 사람이 참여하고 과정을 공유하는 계기가 됐으면 좋겠다는 게 내 생각이었다. 하지만 유홍이 다른 의견을 냈다. 오로라 작품 사진과 책을 전하는 조건으로 35만 원으로 하자는 주장이었다. 사진의 예술적 가치와 프로젝트의 희귀성을 생각하면 그 정도가 적절하다는 것이었다. 토론 끝에 내가 양보했다. 총 100명의 후원자를 모집하되 계좌당 35만 원으로 최종 결정했다. 펀딩 참여자들에게는 페이스북에 개설되는 오로라 방에 그때그때 현지 소식을 전해주고, 김진석 작가가 찍은 오로라 사진(11×14in 한정 작품)과 내가 쓰는 책을 보내주기로 했다. 모집 목표액은 3천5백만 원이었다.

페이스북에 공지하고 대장정의 시작을 알렸지만 난관이 많았다. 모르는 사람들의 프로젝트를 위해 35만 원이라는 '거액'을 낸다는 것은 쉬운 일이 아니었다. 하지만 그런 중에도 가슴 적시는 참여자들이 많았다. 한 분은 오랜 실직 상태이지만 꼭 참여하고 싶으니 돈을 마련할 때까지 마감을 미뤄달라고 메시지를 보내왔다. 어렵게 남편을 설득해서 돈을 받아냈다는 분, 꼭 응원하고 싶은데 돈이 부족해서 조금만 보낸다는 분… 구구절절한 사연이 뒤를 이었다. 페이스북에는 수많은 응원 댓글이 줄을 이었다. 집에 있는 달러를 들고 와 손에 쥐어주는 등 개인적으로 후원해준 분들도 많았다. 어느 중년 남자의 꿈을 위한 눈물 나는 사랑이 거기 있었다. 세상을 어떻게 살아야 하는지 절실하게 느낀 계기였다.

하지만 역시 액수는 부족했다. 마감 연기를 했지만 결국 목표액을 모두 채우지는 못했다. 부족하면 부족한 대로 고생으로 벌충하기로 하고 출발 준비에 들어갔다. 경로를 정하고 예약을 하고 파리에서 캠핑카를 수배하는 등의 준비는 대부분 진석의 노력으로 진행됐다. 나는 곳곳에 약속한 원고와 네 곳의 매체에 쓰는 기명 칼럼을 미리 써놓기에도 허덕거렸다. 15건 이상의 칼럼을 한꺼번에 쓰는 기현상이 벌어졌다. 유홍은 체력 보강을 위해 산에 오른다는 소식이 들려왔지만, 나는 두문불출하고 글을 썼다. 겨울이 저 혼자 달려가고 있었다.

시간은 쉬지 않고 흘러서 출국 날짜가 다가왔다. 1월 31일, 우리는 인천국제공항에서 만났다. 3월 2일 귀국하는 일정이니 한 달간의 대장정이 시작된 것이다. 공항에 몇몇 아우들이 전송을 나왔다. 가난한 화가와 가난한 다큐멘터리 감독, 그들 역시 내 손에 슬그머니 유로화와 사랑을 쥐어주었다. 내 생애 가장 행복하고 무거운 출국이었다.

누구나 품을 수 있는 꿈, 오로라…

좌절하지 않고 앞으로 나아가리라는 다짐,
세상의 끝이 아니라 또 다른 시작에 서 있다는 것,
추위나 거친 잠자리는 조금도 장애가 될 수 없었다.

파리를 떠나 네덜란드로 가다

¶

2월 3일 아침, 파리. 오로라를 만나기 위한 모든 준비는 끝났다. 캠핑카도 인수했고 식량과 방한장비도 구입했다. 드디어 대장정의 시작이다. 캠핑카 앞에서 "파이팅!"을 외치며 사진을 찍었다. 8시 30분. 브노아가 캠핑카의 시동을 건다. 엔진 소리에 호응이라도 하듯 가슴이 힘차게 뛴다.

아, 잠깐! 앞으로 긴 시간을 우리와 함께할 캠핑카에 대해서 보고하지 않고 떠날 수 없다. 이 캠핑카는 미진 씨와 브노아가 미리 빌려둔 것이다. 가격은 깎고 깎아서 2,500유로. 한국 돈으로 환산하면 330만 원 조금 못 미친다. 25일 정도의 일정을 감안하면 싸게 빌린 것이다. 조금 더 실감 나게 계산해보면 하루에 13만 원이 조금 넘는 비용. 그 액수로 하루 수백 km를 달리고, 네 명이 안에서 먹고 잘 수 있는 것이다.

하루 수백 km, 총 1만여 km를 달려 우리와 함께 오로라를 만날 캠핑카

차의 크기는 흔히 볼 수 있는 유치원 버스 정도라고 보면 된다. 안에는 없는 것 빼놓고는 모든 게 갖춰져 있다. 침대는 맨 뒤에 기본으로 장착된 게 두 개. 앞의 다락방까지 합치면 세 개다. 상황에 따라 다락방에서는 두 명까지 잘 수 있다. 그게 전부가 아니다. 중간에 침대로 변신이 가능한 의자도 있다. 좀 빡빡한 편이지만 최대 다섯 명이 잘 수 있다. 유홍과 브노아가 기본 침대에서 자고 내가 다락방, 진석은 '변신 침대'를 쓰기로 했다. 물론 화장실과 샤워실도 있다. 하지만 샤워실은 한 사람이 들어가면 꽉 차기 때문에 움직이는 것 자체가 거의 불가능하다. 물 사정 때문에 캠핑카에서는 한 번도 샤워를 해본 적이 없다. 레인지를 비롯해 어지간한 주방 도구도 모두 갖춰져 있다. 우리는 밥통을 갖고 가서 직접 밥을 해 먹었다. 브노아 역시 한국인 아내 덕분에 밥을 잘 먹었다. 내내 한국인으로 진화 중인 프랑스인과 함께 여행하는 기분이었다.

미진 씨와 브노아의 이별이 애잔하다. 유달리 금슬이 좋은 부부가 헤어지려니 그럴 만도 하다. 하지만 돌아올 곳을 두고 떠나는 사람은 행복한 사람이다. 그래서 그들의 짧고도 긴 이별도 행복해 보인다. 손을 흔드는 미진 씨를 남겨두고 캠핑카가 출발한다. 브노아는 운전석에, 그 옆에 진석이 앉았다. 나는 운전석 뒤의 2인석 의자에, 유홍은 그 옆 1인석 의자에 앉았다.

셸을 벗어나 조금 달리니 풍경이 금세 바뀐다. 겨울 속에서 방금 출발했는데 어느덧 봄 속으로 들어선 것 같다. 무엇보다 눈길을 끄는 건 끝없이 펼쳐진 밀밭. 겨울을 견디고 막 기지개를 켜기 시작한 밀들이 바람의 손길에 자꾸 몸을 뒤챈다. 유럽의 지형은 대부분 평원으로 이뤄져 있다. 시선을 멀리 던지면, 파랗게 달려나가던 밀밭이 흐려지며 만들어내는 지평선과 마주치게 된다. 눈이 시원해지고 가슴이 뻥 뚫리는 것 같다.

파리를 출발할 때는 비가 내렸는데, 30분쯤 달려가니 구름이 걷히고 해가 얼굴을 내민다. 하늘과 밀밭은 금방 서로의 색깔을 필사한다. 닮았다. 이른 봄기운이 피어오르는 세상은 모든 것이 서로를 닮아간다. 밀밭 중간중간에 뾰족한 지붕의 집들이 불쑥불쑥 나타난다. 누군가 숨어서 아름다운 그림에 마지막 붓질을 하는 것 같다. 그들이 풍경에 숨결을 불어넣는다. 숲에도 푸른 기운이 우련하다. 숲의 정령들이 기지개를 켜고 일어나는 듯 수런거린다. 괜한 감상으로 코끝이 시큰해진다. 내 생애에 이런 날이 또 올까. 나를 감동시키는 것이 또 하나 있다. 바로 자작나무. 『자작나무 숲으로 간 당신에게』(마음의숲, 2015)라는 산문집을 내기도 했으니 더욱 반가울 수밖에. 순백으로 늘씬하게 뻗은 자작나무들이 끝도 없이 차창 밖을 달려 지나간다. 관목 숲, 목초지, 가끔씩 나타나는 침엽수…. 가도 가도 똑같은 풍경이 펼쳐진다.

낮 12시. 프랑스를 벗어나 벨기에로 들어선다. 나라와 나라 사이를 지나는데 국경 표시가 없다. 최소한 경계를 나타내는 구조물이라도 세워놨을 줄 알았다. 한국은 도의 경계를 지날 때만 해도 '안녕히 가세요' '어서 오세요' 표지판으로 표시를 해두는데. 입국심사는커녕 작은 검문소 하나 없다. 유럽연합EU이라는 이름으로 이렇게 하나가 되어 살아가는구나. 너와 나를 구분하지 않는구나.

벨기에는 유럽 북서부에 위치한 입헌군주국가다. 유럽에서 가장 작은 나라 중 하나로 경상도 크기 정도밖에 안 된다. 가슴 아프게도, 오로라 여행을 다녀온 뒤 얼마 지나지 않은 3월 23일에 벨기에에서 폭탄 테러가 발생했다. 브뤼셀의 자벤텀 국제공항과 도심 말베이크 지하철역에서 발생한 연쇄 폭탄 테러로 31명이 사망하고 300여 명이 다친 끔찍한 테러였다.

이 작고 그림 같은 나라가
늘 평화롭기를 …

벨기에는 경유만 할 계획이었지만, 그냥 지나치기가 아쉬워 잠시 차를 세우고 사진을 몇 장 찍는다. 어딜 둘러봐도 그림 같은 풍경이다. 집도 나무도 들판도, 구름까지도, 모든 풍경을 너른 밀밭이 품고 있다. 그나저나 저런 집들 속에서도 나와 똑같은 사람이 사는 걸까. 동화의 나라에 들어선 듯 현실감이 떨어진다.

중간에 휴게소에 들러 점심을 먹는다. 북쪽으로 올라갈수록 사람들의 키가 커진다. 브노아 말로는 네덜란드에 가까워질수록 더욱더 커질 것이라고 한다.

"브노아(그는 곧잘 자신의 이름을 부른다)가 190cm인데 네덜란드에 가면 미들 정도밖에 안 돼요. 세상에서 가장 큰 사람들이에요."

"그럼 준(브노아가 부르는 내 이름)은 소인국 사람?"

둘이 주고받는 농담에 모두 크게 웃는다. 인터넷을 검색해보니 네덜란드인이 세계 최장신인 게 틀림없다. 평균 키가 남자는 184cm, 여자는 171cm라고 한다. 브노아는 프랑스인 중에서도 키가 큰 편이다. 프랑스는 남자 평균 신장이 177cm 정도밖에 안 된다. 한국 남자의 평균 신장(30대의 경우 173.7cm)과 큰 차이가 없어서 파리를 돌아다녀도 별로 위화감을 못 느낀다.

잠깐 한눈을 판 사이 네덜란드로 들어섰다. 여기도 국경 표시가 없다. 역시 네덜란드다. 들판에는 풍차가 서 있고 중간중간 수로들이 뻗어나가고 있다. 물의 나라에 온 것이다. 북해와 접하고 있는 네덜란드는 국토의 6분의 1이 바다보다 낮다. 둑을 쌓고 간척하여 만든 땅 대부분을 목초지나 농지로 활용하고 있다. 전체 면적은 한반도의 5분의 1밖에 안 된다.

네덜란드에 오니 오래전 우리와 인연을 맺은 두 사람이 생각난다. 한반도에 가장 먼저 들어온 네덜란드인은 얀 야너스 벨테브레이Jan Janse Weltevree. 1627년 조선 인조 때 배를 타고 일본으로 향하던 중 태풍을 만나 제주도에 상륙했다가 체포됐고, 이후 조선에 귀화해 박연이라는 이름으로 살다 죽었다. 그는 조선여자와 결혼하여 1남 1녀를 두기도 했다. 1653년에는 역시 네덜란드인 헨드릭 하멜Hendrik Hamel이 일본으로 가던 중 폭풍우를 만나 일행 36명과 함께 제주도에 표착한 사건이 있었다. 그는 억류생활을 하다가 탈출하여 1668년 네덜란드로 돌아갔다. 그가 쓴 『하멜 표류기』는 처음으로 조선을 서양에 알리는 역할을 했다. 재미있는 건 비슷한 운명의 두 사람이 머나먼 이국땅에서 만났다는 것. 하멜 일행이 제주도에 표착했을 때 박연이 제주도로 내려가 통역을 맡았고 한양으로 호송하는 임무를 담당했다고 한다. 그렇게 만난 두 사람은 무슨 이야기를 나눴을까? 나는 늘 기록되지 않은 것들이 궁금하다.

오후 5시 7분, 암스테르담 외곽에 도착했다. 파리에서 500km, 아홉 시간을 달렸다. 이 도시 역시 비에 흠씬 젖어 있다. 저녁 어스름 속에 캠핑장에 도착해서 길었던 하루를 접는다. 하루에 세 나라를 달렸다. 첫 캠핑을 하는 날이다.

운하와 자전거의 도시, 암스테르담
¶

암스테르담은 운하의 도시다. 하지만 자전거 이야기부터 하지 않을 수 없다. 내 기억 속에 먼저 자리 잡은 게 자전거이기 때문이다. 느긋하게 아침을 지어먹고 트램을 타러 가는 길. 뒤에서 엄청나게 큰 목소리가 들려온다. 빽빽거리는 고함이 금세 나를 덮칠 것 같다. 뭐지? 깜짝 놀라 돌아보니 자전거를 탄 남자가 마구 화를 내며 달려오고 있었다. 옆에서 걷던 브노아가 얼른 나를 끌어당긴다.

"이게 뭐야? 감히 자전거가?"

"준이 잘못한 거야. 여기서는 자전거가 왕이야."

그러고 보니 내가 자전거가 그려진 길을 걷고 있었다. 네덜란드에서는 사람이 자전거 전용도로로 가면 절대 안 된다. 자동차나 보행자보다 자전거가 우선이기 때문이다.

◇◆◇

네덜란드에서는 자전거가 왕이다.

시내를 걷다 보면 길이 좁아지거나 공사를 하느라 느닷없이 인도가 사라지기도 하는데, 어느 경우라도 자전거 길이 줄어드는 법은 없다. 보행자는 눈치껏 가야 한다. 하지만 습관이 어디 가나? 그 뒤로도 내 걸음은 빈번하게 자전거 길을 침범했다. 암스테르담을 걷는 내내 길에서 혼나는 게 일이었다.

암스테르담이야말로 아무리 바빠도 그냥 지나갈 수 없는 도시다. 꼭 와 보고 싶은 도시 중 하나였기 때문이다. 역시 운하를 빼고 암스테르담을 이야기할 수는 없다. 시의 중심은 여러 개의 운하로 둘러싸인 부채꼴인데 특히 반원형 모양으로 형성된 구시가지는 크고 작은 운하가 사방으로 뻗어 있어 장관을 이룬다. 어느 방향으로 가도 운하를 만나게 된다. 운하가 흐르다 갈라지기고 하고 서로 교차하기도 한다. 운하를 따라 지은 수상가옥들도 곳곳에 그림처럼 들어서 있다. 도시를 수놓은 운하와 그 위를 가로지르는 다리들이 아름답다는 이유로 '북부의 베니스'라고 불리기도 한다.

암스테르담에 와서 '반 고흐 미술관'에 들르지 않을 수 없다. 여행을 하며 누리는 이런 호사는 선물처럼 행복을 안겨준다. 여행은 풍경이나 사람만 보러 가는 것이 아니라 그곳의 문화를 만나러 가는 것이다. 더구나 반 고흐 미술관은 암스테르담에서 반드시 들러야 하는 명소로 알려져 있다. 암스테르담에는 반 고흐 미술관 외에도 국립미술관을 비롯한 40여 개의 박물관과 미술관이 있다.

1973년 개장된 반 고흐 미술관에는 빈센트 반 고흐의 사망 이후에 남동생인 테오도르 반 고흐가 소장하고 있던 그림 700여 점을 기증받아 전시했다. 고흐의 회화 200여 점, 데생 500여 점과 자필 편지들도 함께 전시하고 있어서 그의 삶과 작품을 한곳에서 볼 수 있다. 〈감자 먹는 사람들〉 〈침실〉

〈해바라기〉 등 작품 하나하나가 감동스럽지만, 나에게 가장 인상 깊은 작품은 〈자화상〉이다. 여러 점의 자화상을 한곳에 전시해놓아서 더욱 특별하다. 약간 벗어진 머리에 강한 눈매, 매부리코, 홀쭉한 하관 그리고 아무렇게나 기른 붉은 수염. 그림에 따라 모자를 쓰기도 하고 벗기도 하고 파이프를 물기도 했다. 일관되게 찌푸린 표정 속에서 내가 읽은 것은 역설적이게도 '자기애'다. 과격하고 상처를 잘 입는 성격에다 말년에는 정신병까지 앓다가 비극적으로 갔지만, 끝내 놓지 않은 것은 자신에 대한 연민이었구나. 물론 혼자만의 해석일 뿐이다.

반 고흐 미술관에서 나와 국립미술관까지 보고 난 뒤에 시내를 걷는다. 거리에는 여전히 비가 내린다. 하지만 우산을 쓴 사람은 별로 없다. 남자도 여자도 젊은이도 노인도 비를 맞으며 걷고, 걷다가 담배를 피운다. 누구도 서두르는 기색이 없다. 보폭이 저절로 그들과 맞춰진다.

크고 작은 운하가 사방으로 뻗어 흐르는 암스테르담의 구시가지는
'북부의 베니스'라고 불릴 만큼 장관을 이룬다.

멀고도 먼 안네의 집

¶

"혹시 안네 프랑크의 집으로 가는 길을 아나요?"

"죄송합니다. 저희도 독일에서 와서 잘…."

질문을 받은 젊은 아가씨들이 미안하다는 듯 고개를 젓는다. 진석과 브노아가 한 팀이 되어 캠핑에 필요한 물품을 사러 간 뒤, 유홍과 내가 가기로 한 곳은 안네 프랑크의 집이었다. 하지만 지도 한 장 없으니 찾아갈 길이 막막하다. 휴대전화를 이리저리 검색하던 유홍이 끝내 고개를 젓는다. 그런 땐 아무나 붙잡고 물어보는 게 최고의 대책. 한데, 하필 붙잡고 물은 사람이 독일인이었다니. 하지만 상황은 그게 끝이 아니었다. 이리저리 두리번거리고 있는데, 조금 전에 고개를 저었던 아가씨가 친구들을 데리고 나타났다.

◇◆◇

길을 잘못 선택하는 게 모두 나쁜 것만은 아니다.
길을 잃었기 때문에 만날 수 있는 것들은 또 얼마나 많은지.

"애가 거길 안대요."

나 참! 그냥 지나가도 될 텐데, 이렇게 감동스러운 친절은 어디에서 오는 것인지. 직접 휴대전화에 구글지도를 불러내더니 어디로 가라고 자세히 알려준다. 친절한 말보다 더 행복하게 해주는 것은 티 없이 밝은 얼굴들이다. 맑은 웃음이 구슬처럼 굴러떨어진다. 그들이 알려준 방향으로 운하를 따라서 천천히 걷는다.

운하는 물이 깨끗한 편은 아니다. 깡통이나 빈 병이 떠다니기도 한다. 물은 비록 더러워도 사통팔달로 뻗은 물길은 아름답다. 운하를 따라 도로가 휘어 돌고 그 도로를 따라 또 운하가 휘어 돈다. 중간중간 자가용을 세워두듯 개인이 소유한 작은 배들이 정박해 있다. 작은 배들 옆으로 유람선이 지나간다. '물의 도시'에 펼쳐지는 일상이다.

그나저나 이게 웬일이지? 독일 아가씨들이 길을 가르쳐줄 때는 그리 멀지 않은 것 같았는데, 아무리 가도 안네의 집은 나타나지 않는다. 두리번거리다 마침 동네 아주머니 한 분을 만났다. 나이 든 분에게 영어가 통할까 싶은 노파심도 잠시, 유홍이 얼른 다가서서 말을 붙인다. 길을 묻는 건 미국 유학 경험이 있는 유홍의 전담이다. 아주머니가 유창한 영어로 자세히 길을 가르쳐준다. 와! 자국어가 아닌데도 누구나 영어를 능숙하게 구사하는 모습이 놀랍다. 그런 궁금증은 길을 걷는 내내 계속된다. 어린 학생에게 물어도 나이 든 아저씨에게 물어도 조금도 막힘없이 대답해준다.

길 안내를 받은 뒤에도 안네의 집은 여전히 멀다. 마치 오래전에 떠난 안네와 숨바꼭질을 하는 기분이다. 이럴 줄 알았으면 트램을 탈 것을. 몸은 지쳐가고 걸음은 무거워지고… 운하도 더 이상 아름답게 보이지 않는다. 그래도 여기서 포기할 수는 없다. 묻고 또 물으며 가다 보니 저만치 우뚝 솟은 교회의 종탑이 눈에 들어온다. 안네의 집을 찾으려면 암스테르담 서교회Westerkerk부터 찾으라는 말을 들은 적이 있다. 반가운 마음에 달음박질치듯 걸음을 재촉한다. 서교회를 돌아 조금 올라가면 안네의 집이 나타난다.

안네. 본명은 'Annelies Marie Frank', 보통 '안네 프랑크'라고 부른다. 그녀가 쓴『안네의 일기The diary of Anne Frank』로 유명한 유대인 소녀다. 1929년 6월 12일 독일 프랑크푸르트 암마인에서 태어났다. 1933년 나치스의 유대인 박해를 피해 안네의 가족은 네덜란드 암스테르담으로 이주한다. 하지만 1941년 독일은 네덜란드마저 점령한다. 노동 캠프로 끌려가는 게 두려워진 안네의 가족은 아버지 오토가 경영하던 식품회사 건물 뒤 별채에 숨는다. 1942년에서 1944년까지 이들은 밖으로 나가는 일 없이 친구들과 회사 직원들이 가져다주는 식량으로 살았다. 하지만 그들이 숨어 있다는 것을 누군가가 밀고하면서 1944년 8월 4일 발각돼 독일의 아우슈비츠로 보내진다. 1945년 3월에 안네는 언니와 함께 포로수용소에 이송됐다가 끝내 장티푸스에 걸려 숨을 거둔다.

『안네의 일기』는 그녀의 열세 살 생일선물로 아버지가 준 일기장에, 숨어 지내면서 일어난 761일 동안의 일들을 기록한 것이다. 사춘기 소녀가 고립된 상황에서 느끼는 감정과, 언제 불행이 닥칠지 모르는 환경 속에서도 희망을 가꾸며 살아가는 모습이 잘 표현돼 있다. 세월이 흘러 독일이 패망한 뒤, 안네의 아버지가 과거에 숨어 지냈던 은신처를 찾아갔다가 딸의 일기장을 발견하게 된다. 1947년 네덜란드어로 출판된 이후 각국어로 번역되어 큰 반향을 불러일으켰다. '성경 다음으로 많이 팔린 책'이라는 평을 들을 정도로 많은 사람들이 읽었다.

'안네 프랑크의 집'은 연 방문객 수가 50만 명을 넘는 관광명소가 됐다. 이곳에는 『안네의 일기』를 각국어로 번역한 책과 가족 및 수용소 사진 등이 진열돼 있다. 외관은 눈에 띌 만큼 특별할 건 없다. 앞에 운하가 흐르고, 나란히 늘어선 다른 집들과 마찬가지로 평범한 다층 연립주택이다. 하지만 다른 게 두 가지 있다. 'Anne Frank huis'라는 작은 안내판과 내부를 관람하려고 기다리는 긴 줄. 이들만 아니라면 그냥 지나쳤을 것 같다. 날이 어둑어둑해지는데도 줄은 줄어들 기미가 없다. 답답해하는 내게 지나가는 사람이 귀띔해주는 말로는 이 정도 줄이면 별로 긴 게 아니란다. 집 앞에 서서 고민에 빠진다.

'기다렸다가 안네가 살았다는 내부를 보고 갈까?'

'안 돼. 그러려면 진석 팀과 약속 시간에 너무 늦어.'

'지금 아니면 다시 온다는 보장도 없는데? 오랫동안 벼르던 곳이잖아.'

'안 된다니까 그러네. 얼마나 걸릴지도 모르는데 기다리는 사람들 생각을 해야지. 그리고 찾아왔다는 데 의미가 있는 거지, 반드시 내부를 봐야 하는 건 아니잖아?'

나와 또 다른 나의 싸움에서 결국은 입장을 포기하는 쪽이 이긴다. 그래, 반드시 눈으로 봐야 확인되는 건 아니다. 이곳에 폭력을 피해 한 소녀가 숨어 살았고, 70여 년이 흐른 뒤 동양의 한 사내가 와서 그녀의 짧았던 삶을 기린 것만으로도 충분하니까. 내부에서는 사진을 찍을 수 없다는 말도 그냥 돌아서기로 한 결정에 큰 영향을 미쳤다. 그래도 아쉬운 마음에 슬쩍 집 안을 들여다보니 가파른 계단만 보인다. 열세 살짜리 소녀도 저 계단을 오르내렸겠구나.

BURGER KING
etos

언제 불행이 닥칠지 모르는 환경 속에서도
희망을 가꾸며 살아가는 삶이란 어떤 걸까.

안네의 집 맞은편으로 건너가 저무는 하루를 부지런히 카메라에 담는다. 마침 서교회의 종소리가 울린다. 셔터에서 손을 내리고 잠시 고개를 숙인다. 소녀여! 잔인했던 폭력의 시간을 잊어버리고 평온하게 잠들라.

"오늘 안네의 집에 들어가볼 거예요?"

느닷없는 목소리에 깜짝 놀라 돌아보니 스무 살 남짓 돼 보이는 여성이 자전거 옆에 서 있다. 다른 사람이 없으니 우리에게 말을 건 게 틀림없다.

"그럴 생각이었는데 사람이 너무 많아서 어려울 것 같아요."

"무슨 소리예요? 오늘은 줄이 정말 짧은데요. 15분만 기다리면 입장할 수 있을 것 같아요. 보통은 한 시간 이상 기다려야 한다고요."

그녀와의 대화는 그렇게 시작됐다. 자전거를 타고 지나가다 동양인 둘이 열심히 사진을 찍는 걸 보고 말을 건 모양이다. 경계심이라고는 눈을 씻고 찾아봐도 없다. 이야기 끝에 유홍이 궁금했던 것을 묻는다.

"네덜란드 사람들이 영어를 잘하는 이유가 뭐예요?"

"TV 영향이 커요. 네덜란드어와 영어 방송을 함께 하거든요. 올드 무비 같은 것을 늘 보고 듣다 보면 어려서부터 자연스럽게 영어로 말할 수 있게 되지요."

웬만하면 독일어 · 프랑스어 · 스페인어까지 구사할 수 있다고 자랑이다. 한국에도 고유어가 있느냐는 질문에는 우리 또한 자랑스럽게 힘주어 그렇다고 대답했다. 밝고 유쾌한 아가씨와 이야기를 나누다 헤어진 뒤 건너편을 보니 안네의 집 앞에 줄이 더 길어졌다. 뭐? 15분이면 들어간다고? 줄 섰다가 날 샐 뻔했다.

진석 팀과 약속 장소로 갈 때는 트램을 탔다. 아! 이럴 수가. 몇 정거장 안 가서 출발했던 곳이 나온다. 대체 얼마나 돌고 돌아서 안네의 집까지 갔던 걸까? 인생길 역시 다르지 않다. 어느 순간 조금만 길을 잘못 들면 아주 엉뚱한 곳으로 가기도 한다. 하지만 길을 잘못 선택하는 게 모두 나쁜 것만은 아니다. 길을 잃었기 때문에 만날 수 있는 것들은 또 얼마나 많은지. 어둠이 골목마다 스며든 시간, 진석과 브노아를 만나 저녁을 함께 먹으며 슬그머니 혼자 웃는다.

유럽에도 검문은 있다

¶

농익은 어둠 속으로 빗줄기가 하염없이 몸을 던진다. 아침 6시 30분이 지났지만 북쪽 나라의 아침은 한밤중인 듯 캄캄하다. 갈 길이 멀기 때문에 서둘러 출발했다. 차는 금세 고속도로로 접어든다. 미처 철수하지 못한 어둠 속에서 짐승의 눈처럼 불쑥불쑥 나타나는 도로표지판만이 북쪽으로 달리고 있다는 사실을 가르쳐 준다. 이곳에 다시 올 수 있을까? 아쉬움으로 자꾸 두리번거리는데 조금씩 날이 밝아오기 시작한다.

세상이 환해지니 역시 먼저 눈에 들어오는 건 평원이다. 파리에서 한참 북쪽으로 올라왔는데도 푸르게 펼쳐진 밀밭의 향연은 조금도 줄어들지 않는다. 한참 달리다 역시 국경 표시도 없이 독일의 영토로 들어선다. 비는 그쳤지만 하늘은 제 무게를 못 이기고 사람 사는 마을까지 내려와 있다.

하늘 때문인지 역사가 전해주는 선입감 때문인지 독일의 첫인상은 조금 무거워 보인다. 캠핑카가 함부르크를 지난다. 독일의 북부까지 왔다는 뜻이다.

중간중간 잠깐씩 쉴 때 브노아와 나누는 대화가 즐겁다. 우리의 대화에는 늘 영어와 한국어가 섞인 국적 불명의 단어들이 난무한다.

"브노아는 한국 음식 중에 뭐가 가장 좋아요?"

"으음, 보쌈. 오이스터 들어간…."

"아, 생굴보쌈. 그리고요?"

"물냉면, 청국장… 순대하고 막걸리는 싫어요."

무슨 파리지앵이 청국장까지 좋아한담. 브노아가 막걸리를 싫어하는 데에는 아픈 사연이 있다. 서울에 갔을 때 순한 맛의 막걸리를 우습게 알고 권하는 대로 마셨다가 완전 녹다운이 된 적이 있단다. 길바닥에 쓰러진 그를 무려 다섯 명이 떠메고 갔다고 한다. 그럴 수밖에 없는 게 몸무게가 무려 120kg이나 나갈 때였다니. 볼만한 풍경이었겠다. 브노아는 지금까지도 막걸리 냄새만 맡아도 온몸에 두드러기가 인다고 몸서리를 친다.

오후 3시 무렵 캠핑카가 국경을 넘어 덴마크로 들어선다. 들판이 빗속에 잠겨 아스라하게 멀다. 저기가 끝이겠지 싶으면 조금 뒤 그 밖에 있던 세상이 시야 속으로 들어선다. 그러니 어디에도 끝은 없다. 그 틈 사이로 어둠이 실처럼 풀어져 내린다. 새벽에 어둠 속을 뚫고 나왔는데, 어느덧 어둠이 기다리고 있는 곳으로 달려가고 있는 것이다.

덴마크는 스칸디나비아 반도로 들어가는 관문이다. 명확한 정의는 없지만 보통 덴마크와 함께 노르웨이·스웨덴 · 핀란드 · 아이슬란드 등 5개국을 합쳐서 북유럽이라고 부른다. 덴마크 땅에 들어섰지만 풍경이 크게 달라지지는 않는다. 원래 오늘은 덴마크의 수도인 코펜하겐에서 하룻밤 묵어 갈 계획이었지만 변수가 생겼다. 스웨덴 말뫼malmö에 거주하는 교포 나승위 씨가 꼭 들러 가라고 연락을 주어 좀 더 올라가기로 한 것이다. 나승위 씨는 페이스북을 통해 알게 된 소위 '페친'이다. 코펜하겐에서 말뫼로 진로를 바꾸다 보니 브노아가 운전해야 하는 시간이 훨씬 늘어났다.

오후 6시 55분. 덴마크를 벗어나 스웨덴 쪽으로 진입했다. 아니, 진입하려고 했다. 하지만 돌발사태가 벌어지는 바람에 국경을 넘는 순간은 미뤄지고 말았다. 덴마크에서 스웨덴으로 넘어가는 국경은 외레순Øresund 해협 위에 놓인 외레순 다리의 중간에 있다. 코펜하겐과 말뫼를 연결하는 이 다리는 총 길이 7,845m로 유럽의 다리 중 가장 길다.

덴마크와 스웨덴 사이의 국경 역시 검문이 없는 것으로 알고 있었다. 하지만 막상 넘으려고 하니 분위기가 심상치 않다. 삼엄한 표정으로 대기하고 있던 경찰이 캠핑카를 세우더니 네 명이 우리를 둘러싸고 조사를 시작했다. 우선 한 명이 나서서 탑승자 전원의 여권을 보여달라고 요구한다. 처음 맞이하는 상황이라 조금 당황스러웠다. 하지만 뭐 그 정도야 성의껏 해줄 수 있지. 프랑스인 브노아의 여권은 수월하게 넘어가더니 내 여권을 보고는 고개를 갸웃거린다. 그러면서 심각하게 묻는다.

"여권 사진은 검은 머리인데 왜 너는 흰머리야?"

이 경찰관 바보 아냐? 여권 발급 날짜를 좀 봐라. 9년이나 지났는데 너라면 안 변했겠니? 어찌 그것뿐일까. 짧았던 머리는 길어서 꽁지머리가 돼 있고 수염은 쑥대처럼 덥수룩하게 자란 것을…. 그런 내 얼굴을 생각해보니 의심받을 만도 하다. 한데, 그게 어디 나뿐인가? 수염투성이 얼굴에 쑥대머리가 트레이드마크인 진석은 말할 것도 없고, 말끔하던 유홍까지 수염

덴마크에서 스웨덴으로 넘어가던 국경

긴장이 풀렸던 탓일까.
처음으로 들이닥친 경찰의 검문에
모두 초긴장 상태가 되고 말았다.

을 안 깎는 바람에 유랑민처럼 변하고 말았으니.

검문은 거기서 끝나지 않는다. 경찰관이 군화를 신은 채 캠핑카에 오르더니 침대니 화장실이니 이 잡듯 뒤진다. 이건 좀 심한 거 아닌가. 경찰의 얼굴에 누군가 숨어 있을 거 같다는 의심과 꼭 찾아내고야 말겠다는 의지가 가득 그려져 있다. 하지만 숨은 사람이 있을 턱이 있나. 결국 빈손으로 내려가 여권을 갖고 초소로 가더니 오랫동안 감감무소식이다. 어둠은 짙어가고 갈 길은 멀고, 기다리는 나승위 씨를 생각하니 조바심이 인다. 차 안에 있는 모든 사람의 표정에 똑같은 심정이 그려져 있다.

30분쯤 지났을까. 경찰이 돌아오더니 여권을 돌려준다. 너희가 범죄 혐의자처럼 보여서 조사를 좀 철저하게 했다느니, 오래 기다리게 해서 미안하다느니, 설명 같은 건 한마디도 없다. 당연한 공무집행을 한 것이니, 여권을 돌려준 것만 해도 고맙게 여기고 가던 길 가라는 표정이다. 하긴 뭐 그 정도로 끝난 것만 해도 다행이다.

뒤에 들어보니 급증하고 있는 시리아 난민 때문에 검문이 강화됐다고 한다. 스웨덴은 이민자와 난민에 관대한 편이다. 넓은 땅덩어리(450,295km^2)에 인구는 1천만 명도 안 되기 때문에 외국인이 있어야 노동력이 유지된다는 전략적인 판단 때문이다. 하지만 이 나라 역시 대책 없이 밀려드는 시리아 난민에는 민감해질 수밖에 없는 것 같다. 그들이 떠도는 게 그들의 잘못인가? 욕심 한 번 부려본 적 없는 사람들이 모든 걸 잃고 천덕꾸러기 신세가 된 것이다.

말뫼에서 보낸 하룻밤

¶

기나긴 외레순 다리를 건너니 바로 스웨덴의 말뫼다. 하지만 먹물 같은 어둠이 깔린 시간이라 어디가 어딘지 구분하기가 어렵다. 이제부터 본격적으로 북유럽이 시작된다. 오로라 존이 시작되는 지점이기도 하다. 정말 먼 곳까지 왔구나. 설렘과 긴장, 낯섦이 겹쳐지는 묘한 감정이 훑고 지나간다.

그나저나 여유를 부릴 때가 아니다. 이런저런 이유로 시간이 너무 늦어졌다. 중간에 늦어질 거라고 메시지를 보내긴 했지만 나승위 씨가 기다릴 거라 생각하니 미안하기 그지없다. 그녀는 7년 전에 가족과 함께 스웨덴으로 왔다. 『스웨덴, 삐삐와 닐스의 나라를 걷다』(파피에, 2015)라는 책을 쓴 작가이기도 하다. 나노기술 산업화의 선구자인 그녀의 남편은 한국에서 대기업 전자기술원에 다니다 스웨덴에 와서 일한다.

설렘과 긴장, 낯섦이 겹쳐지던 스웨덴의 말뫼

캠핑장을 찾는 것도 쉽지 않다. 내비게이션이 유난히 정신을 못 차린다. 시골길로 안내하더니 엉뚱한 곳을 목적지라고 하지 않나 자꾸 허방다리를 짚는다. 결국 몇 바퀴를 돈 다음에 캠핑장처럼 생긴 곳을 찾았지만 불이 모두 꺼져 있다. 아! 입구 쪽에 불빛이 보인다. 가까이 가보니 자동차 옆에 동양인 여성이 서 있다. 물어볼 것도 없이 나승위 씨다. 반가움과 미안함이 겹쳐 나도 모르게 이름을 외쳐 부르고 말았다.

반갑게 인사를 나누고 이야기를 들어보니, 그녀 역시 황당한 상황 앞에서 있던 참이다. 캠핑장이라고 찾아와 보니 캄캄하게 불이 꺼져 있고 문도 닫혀 있더란다. 어쩔 줄 몰라 하다가 마침 전화번호가 있길래 연락했더니, 어디에 열쇠가 있으니 열고 들어가라고 해서 막 문을 열던 중이었다고 한다. 그나마 이렇게라도 만나고 캠핑장을 쓸 수 있으니 하늘이 도운 셈이다. 밤이라 그런지, 여기저기 둘러봐도 우리가 타고 온 캠핑카밖에 없다. 하긴 아무리 캠핑을 좋아한다고 해도 겨울에 캠핑장을 찾는 사람이 많을 리는 없다. 슬슬 불안감이 밀려오기 시작한다. 아직 그리 춥지 않은 스칸디나비아 반도의 남쪽인데도 이런 상황인데, 북극 가까운 곳에서도 캠핑장을 찾을 수 있을까?

훗날은 훗날이고 우선 민생고를 해결해야 한다. 나승위 씨 역시 우리를 기다리느라 저녁식사를 못한 상태다. 캠핑카를 세워둔 뒤 나승위 씨 차를 타고 시내로 나간다. 차 안에서 이런저런 이야기를 나눈다. 화제의 중심이 되는 것은 역시 스웨덴의 복지. 그녀는 복지국가의 이면, 즉 부정적인 이야기부터 들려준다.

"복지국가라는 게 전부 좋은 건 아니더라고요. 어쩌면 모두가 가난해지는 게 복지인지도 몰라요. 예를 들면, 직장에서도 일보다는 휴가를 챙기는 게 먼저거든요. 일본 업체와 거래하던 어느 회사에서 있었던 일이에요. 중요한 일을 맡은 사람이었는데, 마침 그가 맡은 공정이 고장이 났더래요. 하지만 그 담당자는 어느 순간 일을 멈추더니 3주 동안 휴가를 다녀오더라는 거지요."

"와! 3주씩이나… 대단한 배짱인데요? 그래서 그 사람 휴가 다녀온 뒤에는 어떻게 됐어요?"

"어떻게 되긴요. 아무 문제없이 잘 다니고 있지요. 윗사람들도 뭐라고 안 해요. 자기도 그런 상황이 오면 똑같이 할 테니까요. 동료들은 말할 것도 없고…. 그런 것 역시 복지국가 스웨덴의 한 단면이에요."

나승위 씨의 이야기는 계속 된다.

"이 나라에 살면 돈 들어가는 건 별로 없어요. 아이들도 밥 먹이고 옷이나 입히면 나머지는 나라에서 다 해결해주니까요. 노인의 경우도 40년만 일하면 연금이 무척 많아요. 다시 일할 기회도 많고요. 이 나라에서는 남들보다 튀는 걸 싫어해요. 국민성 자체가 그래요. 튀지 않으면서 조화롭게 사는 걸 선호하지요. 그러다 보니 국민들이 하향 평준화 된다는 비판도 많아요. 여기 사람들은 큰 꿈을 꾸지 않아요. 중산층의 꿈은 기준이 딱 정해져 있어요, '정원 딸린 집, 아들 하나 딸 하나, 볼보 자동차'면 오케이지요."

복지 이야기는 저녁식사를 하면서도 계속된다. 내가 가장 부러워하는 건 소위 복지의 기본이라고 할 수 있는 육아·교육·노인 정책이다. 특히 육아문제에 관심이 많다. 스웨덴은 아이를 낳아서 키우는 것 역시 '일'이라는 전제로 지원을 한다. 출산을 하면 180일의 육아휴직이 의무화돼 있다. 480일까지 쉴 수 있다고 한다. 한 달에 70만 원 정도의 육아수당이 지급되는 것은 물론이다.

스웨덴 날씨는 5, 6, 7, 8월 네 달만 좋다고 한다.
그래서 그 4개월 때문에 용서해준다는 말이 있다.
일조량이 부족하니 조금만 해가
나도 사람들은 밖으로 나온다.

아이들의 급식 문제로 나라 전체가 몸살을 앓고, 대선에서 야심 차게 내걸었던 노인 기초연금 공약公約이 공약空約이 되는 나라에 사는 나로서는, 나승위 씨와 대화를 나누는 내내 부러움을 감추지 못했다. 물론 스웨덴의 복지정책을 무조건 찬양할 생각은 없다. 나승위 씨 말대로 부정적인 이면도 봐야 하니까. 더구나 국방예산 등에 막대한 지출을 하는 한국 형편으로는 복지 선진국을 그대로 따라 할 수는 없다는 점도 감안해야 한다. 내가 정작 부러워한 것은 복지 자체가 아니라 부의 분배를 위한 노력이다. 복지의 근원이 거기에 있기 때문이다. 복지를 늘리기 위해 부의 재분배가 선결돼야 한다는 건 상식이다. 우리에게는 정말 요원한 문제일까. 마음이 편치 않다.

나승위 씨가 저녁식사를 위해 우리 일행을 데려간 곳은 말뫼에서 가장 유명하다는 식당이다. 과거에 시청사였다는 고색창연한 건물의 지하에 있다. 식사를 하면서 둘러보니 많은 사람들이 두셋씩 혹은 단체로 저녁식사를 즐기고 있다. 모두 편안하고 흥겨운 얼굴들이다. 음식은 기대에 비해 입에 맞지 않는다. 스웨덴을 지나는 내내 느낀 것이지만 이곳 음식은 너무 짜다. 비교적 짜게 먹는다는 프랑스인 브노아 조차도 "too salty"를 연발할 정도다. 초청한 나승위 씨가 괜히 미안해하는 눈치다.

말뫼는 스웨덴 서남단 끝자락에 위치한 도시로 남쪽의 관문 역할을 한다. 스웨덴 세 번째 도시라고는 하지만 별로 크지 않아서 교외로 조금만 나가면 그 끝이 나온다. 한국 교포는 열두 가구 정도가 산다고 한다. 한국인 유학생들도 몇 명 있다. 오래전부터 어업과 조선업 중심의 항구도시였지만, 조선업이 급격한 쇠퇴를 겪으면서 한때 도시 자체가 쇠락하기도 했다. 지금은 신재생 에너지를 활용하여 친환경 도시로 성장하면서 세계에서 가장 살기 좋은 도시라는 이름을 얻고 있다. 이민자가 50% 이상을 차지할 정도로 개방된 도시다.

말뫼에서 조선업의 쇠퇴는 한국과 무관하지 않다. '말뫼의 눈물Tears of Malmö'이라는 말을 기억하는 한국 사람도 꽤 많을 것이다. 말뫼의 눈물은 울산 현대중공업에 세워져 있는 골리앗 크레인의 별칭이다. 원래 이름은 '코쿰스 크레인Kockums kranen'이었다. 코쿰스 크레인이 말뫼의 눈물이 된 데는 사연이 있다. 말뫼에 있던 코쿰스 조선소는 스웨덴 정부가 수조원의 자금을 지원했지만 잃어버린 경쟁력을 회복하지 못하고 1986년 문을 닫았다. 1990년대 초반 덴마크 업체에 매각되었으나 크레인을 매각하기 전에 회사가 파산했다. 결국 오랫동안 말뫼의 랜드마크였던 코쿰스 크레인은 막대한 해체비용을 부담하는 조건으로 한국의 현대중공업에 단돈 1달러에 팔렸다. 2002년 9월 25일 말뫼 주민들은 해제된 크레인이 운송선에 실려 떠나는 광경을 보며 한없이 아쉬워했고, 스웨덴 국영방송은 그 장면을 장송곡과 함께 내보내면서 말뫼의 눈물이라고 불렀다고 한다.

"스웨덴 날씨는 5, 6, 7, 8월 네 달만 좋아요. 그래서 그 4개월 때문에 용서해준다는 말도 있지요. 일조량이 부족하니까 조금만 해가 나오면 다들 벗고 나와요. 동네 아줌마들 속옷 색깔을 다 알 정도라니까요. 비타민 D가 부족해서 따로 약을 먹어야 할 지경이거든요."

나승위 씨가 전하는 스웨덴 사람들이 사는 모습이다. 저녁식사를 마치고 시내를 한 바퀴 돌아 말뫼 캠핑장으로 돌아온다. 낯선 땅에서의 또 하루가 저문다.

2 주 차

말뫼에서 트롬쇠까지

북쪽으로, 또 북쪽으로

¶

잠에서 깨어보니 여전히 말뫼의 캠핑장에 있다. 꿈속에서 고향에라도 다녀왔는지, 비가 내리는 북유럽의 풍경이 유난히 설게 보인다. 꿈에서 걸어 나와 현실로 돌아가는 시간이 제법 걸린다.

이곳 캠핑장의 시설은 어지간한 호텔이 무색할 정도로 호화롭다. 특히 샤워 시설은 발군이다. 독립된 샤워실로 들어가면 화장실, 세면기, 1회용 수건 등이 잘 갖춰져 있다. 다만 유료이기 때문에 카드를 사야 샤워실을 쓸 수 있다. 그래도 샤워를 즐기는 브노아에게는 최고의 환경이다. 샤워를 하고 세면기에서 도둑빨래를 한다. 그 와중에 슬그머니 드는 생각, 빨래나 마음껏 해봤으면…. 문제는 내게 있다. 여행 중에는 가능하면 한 가지 옷을 오래 입는 습관을 들여야 하는데, 나는 날마다 빨래를 한다. 속옷이나 양말

이라도 빨지 않고는 못 견딘다. 여행가로서는 자격 미달이다.

오늘은 웁살라Uppsala까지 가는 것으로 일정을 잡았다. 웁살라는 스웨덴 중동부에 있는 웁살라 주의 주도이자, 교육도시로 유명하다. 수도인 스톡홀름에서 북서쪽으로 65km 정도 떨어진 곳에 있다. 말뫼에서 그리 멀지 않기 때문에 느긋하게 움직여도 된다. 아침을 먹은 다음 캠핑카에 물을 채우고 오물을 버리고 10시가 넘어서 출발한다.

차창 밖으로 펼쳐지는 풍경은 지금까지 지나온 길과 크게 다르지 않다. 밀밭이 펼쳐지고 중간중간 나무들이 서 있고 그 한가운데에 그림처럼 자리 잡은 집들이 비를 맞고 있다. 북쪽으로 올라갈수록 기온이 조금씩 떨어진다. 풍경도 전체적으로 무거워진다. 이 나라 사람들, 꽤 우울하겠다. 그나마 내가 좋아하는 자작나무들이 많아진다는 게 위안이다. 하얗게 벗은 나신들 위로 빗방울이 떨어진다. 저들은 저렇게 만나서 또 무엇을 이룰까. 오로라가 가까워지고 있다는 생각을 떠올리며 마음에 훈기를 얹는다.

북쪽으로 올라갈수록 차도 드물고 집도 드물어진다. 오후 4시경부터 땅거미가 내리더니 4시 30분쯤에는 사방에 짙은 어둠이 깔린다. 겨울철이면 밤이 계속된다는 극야polar night가 어느 정도 실감나기 시작한다. 극야는 추분 때부터 춘분에 이르기까지 해가 뜨지 않고 밤이 계속되는 현상을 말한다. 고위도 지방으로 올라갈수록 일출은 늦어지고 일몰이 빨라지면서 밤이 길어진다. 백야white night는 극야의 반대 개념이다. 위도 약 48도 이상의 고위도 지방에서 일몰과 일출 사이에 반영하는 태양광선 때문에 희미한 낮이 계속되는 현상을 말한다. 백야가 지속되는 시간은 가장 긴 곳이 반년이나 된다고 한다. 인터넷 검색을 해보니 요즘 스톡홀름의 일몰 시간이 오후 4시 15분이다. 한 번도 경험하지 못한 낯선 현상은 또 다른 자극이 된다.

◇◆◇

여행은 안락을 버리고 설렘을 얻는 것

북쪽으로 올라갈수록 기온이
조금씩 떨어진다.
오로라가 가까워지고 있다는 생각을
떠올리며 마음에 훈기를 얻는다.

'여행은 안락을 버리고 설렘을 얻는 것'이라고 수첩에 기록한다.

오후 6시 25분. 모처럼 휘황찬란한 불빛이 나타난다. 스웨덴의 수도 스톡홀름에 도착한 것이다. 반도와 작은 섬들 위에 자리 잡은 이 도시는 넓은 수면과 운하 덕분에 '북유럽의 베니스'라고도 불린다. 그러고 보면 서로 이름 베끼기도 잘한다. 암스테르담은 '북부의 베니스'라고 부른다더니. 스톡홀름에는 매년 12월 10일 세계의 이목이 집중된다. 스톡홀름의 콘서트홀에서 노벨상 시상식이 열리기 때문이다. 비가 내리기 때문일까? 도시의 외관은 둔중해 보인다.

오후 7시 30분. 웁살라에 도착했다. 계산을 해보니 오늘은 700km를 달렸다. 서울에서 부산까지보다 훨씬 먼 거리다. 도시는 비에 젖은 채 잠들어 있다. 가로등만 졸린 눈을 뜨고 멀리서 찾아온 이방인을 맞는다. 미리 확인해둔 주소만으로는 캠핑장을 찾기가 쉽지 않다. 이리저리 헤매다가 산책을 나온 일가족을 만나 물어보니 친절하게 가르쳐준다. 여기도 영어가 잘 통한다. 나이가 꽤 많은 '동네 아저씨'의 유창한 영어라니.

라면을 끓여서 흡입하듯 먹은 뒤 설거지를 미뤄놓고 도시 탐방에 나선다. 다음 날 일찍 출발해야 하기 때문에 웁살라를 보려면 한밤중밖에 기회가 없다. 이럴 땐 피곤한 게 문제가 아니다. 더구나 하루 종일 운전하느라 지친 브노아가 씩씩하게 앞장서니 따라나서지 않을 수 없다. 오후 4시가 넘으면 어두워지는 겨울, 스웨덴 사람들은 긴긴밤을 무엇을 하며 지낼까?

도시는 고요하다. 누군가 일부러 정적을 깔아놓은 것 같다. 이들이라고 밤을 잠으로만 보내지는 않을 텐데…. 이곳 신문은 120페이지, 256페이지 등으로 두툼하다고 한다. 타블로이드판이라고 해도 그 정도면 책 한 권 분량이다. 두툼한 신문을 읽는 것 역시 긴긴밤을 보내는 방법 중 하나일 것이다.

아파트가 많지만 대부분 키가 낮다. 창문마다 붉고 노란 불빛이 흘러나오는데 사람의 움직임은 거의 보이지 않는다. 시민 모두가 어딘가에 숨어 있는 레지스탕스의 도시 같다. 도시를 관통하는 물줄기는 살짝 얼어 있다. 안내에는 '피리스 강'이라고 돼 있지만 강폭이나 수량으로 볼 때, 조금 큰 내에 불과하다. 도심 쪽으로 조금 들어가자 도시가 서서히 깨어난다. 자전거를 탄 아이들이 깔깔거리며 지나고 으슥한 곳에서 놀란 꿩처럼 연인들이 튀어나오기도 한다. 아무리 밤이 지배하는 곳이라도 사람 사는 건 크게 다르지 않구나.

내를 따라 계속 걸어가다가 조명 속에서 몸을 일으키는 덩치 큰 건물 하나를 만난다. 숲속을 헤매다 오래된 궁전을 발견한 것처럼 잠시 망연해진다. 가까이 가보니 교회 건물이다. 말로만 듣던 웁살라 대성당이다. 스칸디나비아 반도에서 가장 큰 성당인 웁살라 대성당은 스웨덴 루터 교회파의 총본산이다. 13세기 후반에 착공하여 150년 뒤에 완공됐으며 스웨덴 왕들의 대관식에 사용됐다. 한밤중이라 성당 안으로 들어가볼 수 없으니 외양이라도 열심히 눈에 담는 수밖에. 조명을 받은 건물은 강물 위에 웅장한 반영을 드리웠다. 이런 장엄 앞에서는 뭔가 기도라도 해야 할 것 같은 생각에 쫓기게 마련이다. 방언이라도 터진 듯 소망이 쏟아진다. 세상이 조금만 더 따뜻해지면 안 될까요? 조금만 더 평화로우면 안 될까요? 끝내 대답은 들을 수 없다.

1847년에 개통했다는 성당 앞 다리도 무척 고풍스럽다. 그 다리를 건너 웁살라 대학 쪽으로 걷는다. 1477년에 설립된 웁살라 대학은 스웨덴뿐만 아니라 북유럽에서 최고 수준을 자랑하는 대학으로 알려져 있다. 여기까지 유학 온 한국인 학생들도 있다고 한다. 대학 근처라서인지 신시가지 쪽은

오후 4시면 해가 지고 밤이 지배하는 스톡홀름의 겨울. 도시에는 금세 노란 불빛이 흘러나온다.

조명도 밝고 깔끔하다. 학교 앞에는 여학생 몇 명이 쪼그리고 앉아 담배를 피우고 있다. 도서관에서 늦게까지 공부하다 쏟아지는 잠을 깨우러 나온 눈치다.

번화가 쪽에는 젊은 친구들이 꽤 많이 오간다. 어둠의 나라라고 잠만 자는 게 아니었구나. 어느 집 유리 창 안쪽에서는 잘 차려 입은 사람들이 파티를 즐기고 있다. 영화를 보는 듯, 나와는 너무 멀어 보이는 풍경이다. 파티는 그들의 것, 이방인은 얼른 들어가서 자는 게 버는 것이다. 이 정도 구경했으면 됐다. 갈수록 무게를 더하는 걸음을 재촉해서 캠핑카로 간다. 아담하고 아름다운 도시다. 낮이라면 이리저리 기웃거리며 하루 종일 걸어도 좋을 것 같다.

피테오의 쓸쓸한 밤

¶

아침 기온이 무척 싸늘하다.

그만큼 북쪽으로 올라왔다는 뜻이겠지. 북유럽의 추위에 대해 귀에 못이 박히도록 들어와서인지 조금씩 두려워지기 시작한다. 한국을 출발하기 전에 이런저런 경로로 수집한 정보는 천차만별이었다. 북극으로 들어가는 관문이라고 불리는 트롬쇠Tromsø의 경우 공식적인 온도는 영하 20도 전후를 보이고 있었지만, 누구는 영하 40도까지 내려간다고 겁을 주기도 했다. 물론 아직 그 정도로 춥지는 않다.

오늘도 가야 할 길이 멀다. 최소 700km는 달려야 목적지에 닿는다. 계획대로라면 오늘 중에 오로라 존으로 들어선다. 목적지가 멀지 않다는 기대에 설렘도 커진다. 오전 8시 55분, 북쪽을 향해서 출발. 도로 사정은 어제와 비슷하다. 다만 희끗희끗 눈발이 보이기 시작하는 게 조금 불안하다.

◇◆◇

한 번도 경험해보지 못한 북유럽의 추위,

조금씩 불안한 마음이 엄습한다.

지금까지 지겹게 따라오던 비가 눈으로 바뀌었다. 나무들도 자작나무 외에는 대부분 침엽수로 바뀌었다. 초지도 거의 보이지 않는다. 중간중간 만나는 스웨덴 사람들도 체구가 만만치 않게 크다.

갈수록 눈이 많아진다. 제설차가 부지런히 오가지만 치우자마자 바로 또 쌓이는 데야 당할 방법이 없다. 휴게소에 들어가니 반갑지 않은 정보를 전해준다. 이곳에서는 스노타이어를 장착하지 않고 차량을 운행하다 적발되면 수백 유로의 벌금을 문다고 한다. 수백 유로라니… 가뜩이나 부족한 경비인데 벌금을 내면 남은 일정이 힘들어진다. 문제는 스노타이어 값이 벌금보다 더 비싸다는 데 있다. 모든 걸 운에 맡기고 그냥 가느냐, 밥을 굶더라도 안전하게 가느냐의 갈림길에 서서 고심하지 않을 수 없었다. 신이시여! 당신의 뜻에 맡기겠나이다. 평소에는 모른 척하던 신까지 불러낸다. 앞에 벌어질 일은 운에 맡기고 그냥 출발하기 위해서다.

눈이 내리니 자작나무가 더욱 희게 빛난다. 흰색과 흰색의 조화가 이렇게 아름답다니. 빼어난 자태의 자작나무에 한참 빠져 있는데, '순록 조심'이라는 안내판이 나온다. 도로에 순록이 출몰한다니 북유럽에 들어섰다는 게 실감 나기 시작한다. 재미있는 것은, 같은 스웨덴이지만 말뫼에서는 '오리 조심'이라는 안내판을 본 적이 있었다. 오리와 순록 사이만큼 달려온 셈이다. 경고는 괜히 붙은 게 아니었다. 정말 길옆 언덕에 순록이 유유히 걸어가고 있었다.

끝없이 펼쳐지는 설원, 그리고 자작나무들의 행진…. 눈이 얼마나 많은지 지금까지 봐온 눈은 잊으라고 강요하는 것 같다. 그 눈 속에서도 사람은 산다. 쌀밥 속의 강낭콩처럼 뿌리를 박고 서 있는 붉은 벽돌집들이 붉은 등처럼 환하다. 어느 순간부터 도로는 2차선으로 줄어든다.

어디를 둘러봐도 눈밭이다.
그 위를 무거운 어둠이 지그시 눌러 내린다.
눈이 허벅지까지 빠진다.
눈이 공포로 다가온 건 처음이다.

운전하는 브노아에게는 그만큼 부담이 커졌다는 뜻이다. 북쪽으로 올라올수록, 그리고 눈이 많아질수록 음식점을 찾는 게 큰 일이 됐다. 고속도로에서 벗어나면서부터 휴게소가 드물어진데다, 어렵게 찾아도 문이 꽁꽁 잠겨 있다. 겨울에는 그만큼 오가는 사람이 적다는 뜻이겠지.

아침에 빵 한 조각 먹고 출발했는데 벌써 오후 2시 30분이 넘었다. 된장찌개 파는 집이나 불쑥 나타났으면 좋겠다는 생각을 하다가 혼자 웃는다. 이왕 상상하는 거 냉면집이면 또 얼마나 좋아. 내 나라에서 먹던 온갖 음식이 머릿속을 스쳐 지나간다. 오후 3시에 간신히 작은 음식점을 찾았지만 감자튀김만 집어먹고 만다. 미트볼을 시켰는데 두말할 것도 없이 짜다. 말뫼에서도 그랬지만 북쪽으로 갈수록 더욱 심해지는 것 같다.

점심을 먹고 다시 출발하는데 체력이 급격히 떨어지고 있다는 느낌이 온다. 먹은 게 자꾸 체해서 그런가? 큰일이다. 오로라 존에 들어가기도 전에 이렇게 지치면 안 되는데. 창밖이 어둑어둑해져서 시계를 봤더니 3시 35분밖에 안 됐다. 스웨덴이라는 나라가 넓기는 넓구나.

오후 8시 28분 피테오Piteå라는 작은 도시에 도착했다. 아침 8시 50분에 출발했으니 열두 시간 가까이 달려온 것이다. 스톡홀름을 기점으로 850km 지점이다. 한적한 캠핑장에 차를 대놓고 밖으로 나오니 어디를 둘러봐도 눈밭이다. 그 위를 무거운 어둠이 지그시 눌러 내리고 있다. 눈이 허벅지까지 빠진다. 눈 눈 눈… 눈이 공포로 다가온 건 처음이다. 날카로운 바람이 볼을 할퀸다. 온몸이 꽁꽁 얼어붙을 것 같다. 진짜 추운 곳으로 왔구나. 눈밭에 선 늙은 자작나무 한 그루가 반겨주지 않았다면 눈물이 빠지도록 쓸쓸할 뻔했다. 내일이 설날인데 그냥 지나갈 수는 없지. 컵라면을 저녁식사 겸 안주로 해서 소주 몇 잔을 마시고 일찍 잠자리에 든다.

오두막 카페에서 만난 태국 여인
¶

눈을 떠보니 설날 아침이 기다리고 있다. 설원 속에서 설을 맞이했구나. 역마살을 지고 세상을 떠돌다 보니 객지에서 명절을 맞이하는 경우가 드물지 않다. 2013년 〈EBS 세계테마기행〉을 찍을 때는 아나톨리아 반도 어느 산 속에서 설을 맞았다. 무리하게 설산을 오르다 죽을 고비를 넘기기도 했다. 마음으로 엎드려 조상님들과 어머니께 세배를 올린다.

오는 길에, 설날 아침에는 그냥 지나갈 수 없으니 특식으로 짜장라면이라도 끓여 먹자고 별렀지만 결국 빵 한 조각씩으로 아침식사를 때우고 말았다. 나는 그냥 굶었다. 빵이나 햄버거 같은 음식을 먹으면 자꾸 얹힌다. 소화기능에 문제가 생긴 게 틀림없다. 어느 곳에 가더라도 현지음식에 어렵지 않게 적응하고는 했는데…. 하지만 엊저녁에 소주와 와인으로 설날을 미리 축복했으니 섭섭할 건 없다.

오늘도 갈 길이 멀기 때문에 조금 서둘러 출발한다. 8시 20분. 설날이라고 하늘이 인심을 쓰는 것인지 모처럼 해가 보인다. 비 또는 눈, 눈 또는 비… 하루도 빼놓지 않고 궂은 길을 달려오다 모처럼 맑은 하늘을 보니 옷을 벗어던지고 그 아래 서 있고 싶을 만큼 반갑다. 유럽인들이 햇볕을 탐하는 이유를 알 것 같다. 해가, 햇볕이 사람의 기분을 얼마나 좌우하는지 실감한다. 기온은 차지만 잠깐 차를 점검하는 사이 뛰어나가 셔터를 눌러댄다. 소중한 것들의 고마움을 잊고 살았구나.

오늘 역시 점심을 어떻게 먹나 걱정이었는데, 마침 숲속의 오두막 카페를 발견했다. D. H. 로렌스의 소설 『채털리 부인의 사랑』에서 채털리 부인과 산지기 멜로즈가 밀애를 나누던 오두막을 떠오르게 한다. 문을 밀고 들어가니 곰 가죽에 곰 박제까지, 사냥꾼의 집이라는 것을 온통 드러내고 있다. 혼자 앉아 있던 안주인이 화들짝 놀라 모처럼 찾아온 손님을 맞이한다. 그런데 그녀의 얼굴이 묘하게 낯익다. 분명 유럽인은 아니다. 베트남 사람? 에스키모? 이 깊은 산속에서 동양인을 만나니 궁금증이 자꾸 고개를 쳐든다. 식사를 들고 올 때 기어이 어디에서 온 사람이냐고 묻고 말았다. 그녀가 왜 이제야 묻느냐는 듯 냉큼 대답한다.

"타일랜드에서 왔어요."

태국? 그 먼 곳에서 어떻게 이 산 속까지 와서 음식점을 지키는 걸까.

"스웨덴 사람과 결혼했거든요. 이곳에서 산 지 7년 됐어요."

선입감 때문일까? 이역만리에서 온 여인의 한낮이 고적해 보인다. 하루종일 거의 아무도 찾아오지 않는 숲속에서 혼자 오두막을 지키는 일은 결코 쉬워 보이지 않는다.

모처럼 맑은 하늘을 보니
그 아래 오래 서 있고 싶을 만큼 반갑다.

유럽인들이 유난히 햇볕을 탐하는 이유를 알 것 같다.

오두막 주인장에게 근방에서 오로라를 볼 수 있느냐고 물어봤더니, 무조건 키루나Kiruna로 가보란다. 일주일에 두세 차례 오로라가 나타나는데 10~15분 정도 볼 수 있다고 한다. 키루나가 그리 멀지 않으니 오로라 존이 코앞에 있는 셈이다. 가슴이 격렬하게 뛰기 시작한다. 다시 길을 나서는데 도로가 꽝꽝 얼어 있다. 위험해지는 만큼 목적지가 가까워졌다는 뜻이라며 서로 위로한다. 길옆으로 눈이 1m 넘게 쌓여 있고 어린 침엽수들은 눈의 무게를 이기지 못해 활처럼 휘었다. 오래 달리지 않아 키루나에 들어섰다. 스웨덴 최북단에 위치한 키루나는 노르웨이로 가기 전에 만나는 마지막 큰 도시이다. 이제 정말로 오로라를 만날 수 있는 곳에 다다랐다. 시내로 들어서도 도시 전체가 설국이다. 차들도 집들도 주유소까지도 눈 속에 깊이 묻혀 있다. 마치 세상 모두가 동면에 들어간 것 같다. 슈퍼마켓도 맨 앞에 제설장비들을 진열해놓고 있다. 눈과의 전쟁이 이들의 겨울나기인 셈이다. 이곳에서 하루 묵으며 오로라를 기다려볼까 하다가 내처 달린다. 오늘 중 노르웨이까지 들어갈 계획이다.

오후 3시 40분, 어둠이 깔리기 시작한다. 캠핑카는 어둠 속을 쉬지 않고 달린다. 도시를 벗어난 뒤로는 불빛 하나 보이지 않는다. 사람은커녕 집도, 오가는 차도 없으니 완전한 고립이다. 아니, 모든 건 마음먹기 나름. 이 상황은 완전한 독립이다. 불안과 안도를 동시에 주는 특별한 환경. 가뭄에 콩 나듯 저만치서 자동차 불빛이 나타나면 흠칫 놀라고는 한다.

오후 5시 47분. 노르웨이 영토로 들어섰다. 진석이 걱정스러운 얼굴로 모두에게 현재의 상황을 전한다. 오늘 목적지인 트롬쇠까지 가기는 어려울 거라고 한다. 워낙 먼 길인데다가 눈이 많이 내리기 때문이다. 오늘 못 가면 내일 가면 되지만 문제는 캠핑장을 찾아야 한다는 것이다. 캠핑장을 못

찾은 채로 노숙을 하면 차에 전기를 연결할 수 없다. 전기가 연결되지 않으면 밥을 해 먹을 수 없거니와 여러 가지 불편한 상황이 발생한다. 워낙 오지라 그런지 인터넷 연결이 원활하지 못해서 캠핑장 검색도 잘 안 된다. 이런 땐 기도나 하는 수밖에. 어둠이 무섭게 달려든다.

그 와중에도 해프닝이 벌어진다. 노르웨이에 들어서서 30분쯤 달렸을까? 갑자기 차가 서더니, 앞자리 앉은 진석이 손짓을 한다. 마치 곰을 발견한 사냥꾼마냥 은밀한 손짓이다. 오로라가 나타났다는 신호다. 잽싸게 카메라를 들고 앞으로 가서 셔터부터 누른다. 하지만 잠시 뒤 터져나오는 진석의 한숨 섞인 소리 "오로라가 아니네요." 멀리서 비치는 불빛이 하늘까지 닿았나 보다. 느지막하게 집으로 돌아가는 저녁노을이었는지도 모른다. 그래도 잠시 희망을 가질 수 있었다는 건 행복한 일이다.

캠핑장이 있을 만한 도시를 찾아 마냥 달리는 수밖에 없다. 오후 7시가 넘어 나르비크Narvik라는 도시에 도착했다. 노르웨이에서 만나는 첫 번째 도시다. 하지만 도시는 제법 큰데도 캠핑장이 없다고 한다. 노숙이 현실이 되어간다. 대신 좋은 소식도 있다. 길을 알려준 사람의 말로는 오로라를 거의 매일 밤 볼 수 있단다. 마치 별이나 달이 뜨는 현상을 알려주는 사람처럼 심드렁한 얼굴이다. 이곳에서는 오로라가 그리 신기할 것도 없겠구나.

"오늘 저녁에도 오로라를 볼 수 있을까요?"

"당신들 운만 좋다면… 신의 뜻이니까."

아! 신의 뜻. 노숙을 해도 좋으니 신의 뜻이 캠핑카까지 닿을 수 있으면 좋겠다. 나르비크는 어둠 속에서 봐도 무척 아름다운 도시다. 노르웨이 북서부 해안에 있는 항구 도시로, 북극권에 가깝지만 겨울에도 얼지 않는 부동항이다.

"오늘 저녁에 오로라를 볼 수 있을까요?"
"운이 좋다면… 신의 뜻이니까."

캠핑카를 세워놓고 도시를 걷는다. 도로는 통째로 눈덩이다. 저녁식사로 모처럼 피자를 먹기로 한다. 피자 가게의 문을 열고 들어가니 이곳에도 외국인이 장사를 한다. 어디서 왔느냐 물으니 파키스탄 출신이란다. 돈을 벌기 위해 이 머나먼 곳까지 왔구나. 가난한 나라의 유랑민들을 보는 것 같아 가슴 한쪽이 묵직해진다.

저녁식사를 마치고 캠핑장을 찾아 다시 달린다. 대체 어디까지 가야 할지. 운전하는 브노아에게 미안하다. 말도 못하게 피곤할 텐데, 묵묵하게 핸들을 잡는다. 다들 지쳐서 말이 없다. 그래도 우리는 북쪽으로 가야 한다. 가능하면 트롬쇠 가까이까지.

아! 오로라

¶

오로라는 거짓말처럼 우리에게 왔다. 아니, 뭔가 부족한 표현이다. 신의 선물처럼 왔다고 하는 게 나을까? 아직도 그 감동의 순간을 그려낼 만한 단 하나의 말을 찾지 못했다. 나르비크를 떠난 뒤 막막한 심정으로 달리다가 기어이 노숙을 선택할 수밖에 없었다. 무엇보다 브노아에게 더 이상 운전을 시키는 것은 무리였다. 그런데 거기 운명처럼 오로라가 기다리고 있었다. 도로변 눈밭에 차를 세우던 브노아가 비명 같은 함성을 질렀다.

"(오로라의 프랑스식 발음으로) 오호아! 오호아!!!"

뭐? 오로라? 정말? 조금 전까지 눈이 내렸는데?!! 현실을 인식하면서 손부터 떨리기 시작한다. 이런 땐 무엇을 어떻게 해야 하지? 오로라는 나타났다가 금방 사라진다는데…. 그래 카메라! 카메라부터 챙겨야 해.

막막한 심정으로 달리던 어느 날,
오로라는 거짓말처럼 우리에게 왔다.

어두운 하늘에 있는 오로라를 촬영하는 방법은 일반 사진촬영과 다르다.
장노출로 시간과 빛을 모으고, 빛의 감도를 높이고,
가능한 넓은 범위를 촬영하려면 광각렌즈도 필요하다. 무엇보다 삼각대는 필수다.

이렇게 느닷없는 상황을 미리 생각해본 적이 없기 때문에 무얼 어찌해야 할지 모르고 허둥대기만 한다. 부랴부랴 카메라와 삼각대를 꺼내 들고 차 앞으로 달려가 세팅을 시작한다.

아! 정말 거기 오로라가 있다. 길이 어둠 속으로 몸을 묻은 곳, 그 위로 하늘이 활짝 열리고 비단을 펼친 것 같은 푸른 띠가 길게 드리워져 있었다. 생애 처음 보는 오로라다. 하지만 감상만 하고 있을 때가 아니다. 나는 쓰고 찍기 위해 여기까지 온 사람이니까. 자! 차분하게, 차분하게… 삼각대를 펴고, 광각렌즈로 갈아 끼우고, 카메라를 장노출로 세팅하고, 감도ISO를 높이고…. 이럴 줄 알았으면 미리 세팅을 해놓는 건데. 그래, 셔터를 누를 때 흔들릴지 모르니까 릴리스(원격 셔터 장치)도 필요해….

어두운 하늘에 있는 오로라를 촬영하는 방법은 일반 사진촬영과 다르다. 단순히 눈에 보이는 것을 찍는 게 아니라 장노출을 통해 시간과 빛을 집적하는 과정을 거쳐야 한다. 그래야 육안으로 보는 오로라보다 훨씬 선명하게 나온다. 풍경 찍듯 마구 셔터를 누르면 거의 아무것도 담을 수 없다. 따라서 삼각대는 필수다. 또 가능하면 넓은 범위를 잡아야 하기 때문에 광각렌즈도 필요하다. 하지만 미리 공부한 이론이 반드시 현실에 그대로 적용되리란 법은 없다. 여전히 허둥거린다. 삼각대를 펴고 나면 광각렌즈가 없고…. 오로라가 금방이라도 사라질 것 같은 초조함에 손발이 자꾸 엉킨다. 프로는 역시 프로다. 언뜻 보니 진석은 벌써 세팅을 끝내고 셔터를 누르고 있다.

첫 셔터를 어떻게 눌렀는지 기억이 나지 않는다. 솔직히 고백하면 삼각대도 제대로 펴지 못한 채, 내내 무릎을 꿇고 사진을 찍었다. 찍을 땐 전혀 몰랐지만 나중에 보니 바지가 몽땅 젖어 있었다. 그러고 보면 오로라를 보여준 신에게 제대로 경배를 한 셈이다. 다행히 오로라는 카메라를 세팅할 때까지 기다려주었다. 이리저리 자리를 옮기며 사진 몇 장을 찍을 무렵에야 정신이 돌아오기 시작한다. 이제는 조금 찬찬한 눈으로 오로라를 살펴봐야지.

북서쪽 하늘에 선명하게 펼쳐진 녹색 비단 띠. 아주 선명한 오로라는 아니지만 감동이 줄어들지는 않는다. 셔터를 누르는 긴박한 순간에도 온갖 상념이 스치고 지나간다. 저게 정말 오로라는 맞는 것일까? 실제로 존재하는 것일까? 그냥 허상은 아닐까? 실제로 존재한다면 저 푸른 덩어리를 만든 이는 누구일까? 생각지도 않은 장소, 준비도 안 된 상태에서 찾아온 오로라. 뜻밖에 맞이한 상황이 허탈하기까지 하다. 저 푸른 띠를 보기 위해 그 먼 길을 달려온 것이다.

여행을 시작한 지 8일째. 계속된 캠핑카 생활로 몸은 조금씩 지쳐서 여기저기 통증을 호소하기 시작했다. 꽤 오랫동안 안락에 익숙해진 몸과 마음으로는 무리한 도전이었는지도 모른다. 더 이상 이런 여행은 어려울 것 같다고 절망하던 며칠이었다. 밤마다 고치 속 누에처럼 침낭으로 들어가지만, 새벽이면 온몸을 저미는 것 같은 한기에 잠을 이룰 수 없었다. 아침이면 뼈마디마다 아팠다. 어떤 음식을 먹어도 체했다. 동료들에게 내색을 하면 분위기가 가라앉을 수 있으니 눈치껏 굶는 게 상책이었다. 제대로 씻을 수도 없었고 화장실 가는 것도 반으로 줄여야 했다. 좁은 공간에서 덩치 큰 사내 넷이 몸을 부딪치면서 지내는 것도 보통 일이 아니었다. 피곤한 상태에서는 친밀감을 더해주기보다 자칫 충돌을 부를 수 있기 때문이다.

하지만 그 정도는 아무것도 아니었다. 먹구름이 차 안을 가득 채우고 있었다. 파리에서부터 거의 하루도 빼놓지 않고 비가 왔기 때문에, 오로라 권

역에 들어선 뒤에도 정말 오로라를 볼 수 있을지 의심스러웠다. 심지어 진석조차 이 여행이 끝나면 사진을 찍기 위해 캐나다 옐로나이프에 가야 하는 게 아니냐고 푸념하고는 했다. 그런데 피치 못해 노숙을 하기로 한 장소에 오로라가 나타난 것이다. 지금까지의 고통을 단 한 번에 씻어주는…. 가장 큰 불행이야말로 가장 큰 행복을 품고 온다는 말을 가슴에 새긴다. 이런 우연이야말로 신의 뜻이 숨어 있는 필연이 아닐지. 생각이 이어지면서 느닷없이 목울대가 뜨거워진다.

하늘에는 오로라만 있는 것이 아니었다. 주먹만 한 별들이 보석처럼 빽빽하게 박혀 있다. 꽃이 절정을 이루는 9월의 메밀밭 같다. 설원에서 보는 별들의 잔치라니. 오로라가 아니어도 장관이었다. 하지만 어떤 축제도 영원히 계속될 수는 없는 법. 시간이 지나면서 어디선가 밀려온 구름이 오로라와 별무리를 야금야금 먹어치우기 시작한다. 한꺼번에 너무 많이 보면 체하기라도 한다는 듯, 신들이 하늘의 문을 닫은 것이다. 거기 존재하되 볼 수 없는 상태가 됐다. 조금 더 기다려보지만 구름이 걷힐 기미는 보이지 않았다. 하늘의 뜻이 그렇다면 할 수 없지. 장비를 철수해서 차 안으로 들어간다. 그제야 옷이 젖은 것도, 몸에 파고든 한기도 현실로 다가온다. 그 짧은 시간에 대체 무슨 일이 있었던 걸까. 꿈속을 헤매고 돌아온 듯 기억이 아련하다. 머릿속에서 여전히 너울너울 춤을 추는 오로라의 잔상이 아니라면 꿈을 꾸었다고 해도 부정하지 못할 것 같았다.

차 안에 들어와서도 흥분은 가시지 않는다. 바둑 복기하듯, 머릿속에 남아있는 오로라를 찬찬히 들여다본다. 오로라가 어떻게 생기는지 과학적 원리를 모르는 것은 아니지만, 아무리 생각해봐도 우연히 만들어진 현상은 아닌 것 같다. 혼자 온갖 그림을 그렸다 지운다.

하늘에 신들의 파티가 있었겠지. 오늘의 가장 아름다운 여신을 뽑는 파티였을 거야. 우승한 여신이 우아한 걸음으로 나와서 치맛자락을 펼치고 춤을 추다 들어간 거야. 아! 너울너울 하늘을 수놓는 순간이라니. 눈을 지그시 감고 자꾸 흐려져가는 오로라를 붙잡는다.

"이런 날은 그냥 잘 수 없지?"

누군가의 제안으로 와인을 꺼내 간단한 자축 파티를 한다. 우리 오로라 본 거 확실하지?

가장 큰 불행이야말로
가장 큰 행복을 품고 온다는 말을
가슴에 새긴다.
이런 우연이야말로
신의 뜻이 숨어 있는 필연이 아닐지.

오로라의 고향 트롬쇠에 가다

¶

아침에 보니 눈이 더 많이 쌓여 있다. 눈 위에서 그리고 눈 아래에서 하룻밤을 보낸 것이다. 마치 히말라야 설산에 오른 것 같다. 그동안 본 눈은 눈이 아니었다. 눈을 머리에 쓴 산과 여전히 눈을 쏟아붓는 하늘이 맞닿아 경계가 사라졌다. 우리 외에는 아무도 없다. 세상은 문을 열 때처럼 순수하다. 어쩌면 이 평화를 찾아 여기까지 왔는지도 모른다. 유홍은 카메라를 들고 눈 위를 쏘다니고 브노아는 바퀴에 체인을 친다고 여념이 없다. 전기를 구하지 못했으니 오늘 아침은 굶는 수밖에 없다. 전기가 없으면 차 한 잔 끓일 수 없다는 사실을 새삼 실감한다. 하룻밤이 지났는데도 오로라를 만난 흥분은 가시지 않는다. 뒤척이다 늦게 잠들었는데도 별로 피곤한 줄도 모르겠다. 어딘가 모르게 날카롭던 차 안의 분위기도 많이 부드러워졌다. 누군가 농담을 던진다.

"세상에는 말이야, 두 부류의 사람이 있지. 오로라를 본 사람과 보지 못한 사람."

노트북에 어제 찍은 사진을 불러내 하나씩 넘겨본다. 기대만큼 마음에 드는 건 아니지만 그 순간의 감동을 확인하기에는 부족하지 않다. 여전히 오로라를 수식할 단 한마디의 말은 찾을 수 없다. 아니, 오로라를 묘사하기에는 어떤 언어도 부질없어 보인다. 내가 쓰는 한국어에도 브노아가 능숙하게 구사하는 프랑스어나 영어에도 오로라를 표현하기 위한 단어는 준비되어 있지 않았다. 오로라는 태양이 태어날 때부터 거기 있었다. 까마득하게 훗날 생겨난 인류, 오로라는 그들이 만들어낸 언어로는 표현할 수 없는 대상이라고 결론짓는다. 그런 인지는 절망이 아니라 납득이다. 그저 바라보면 되는 것이다. 감동을 통째로 가슴에 들이는 것이다.

자! 다시 출발이다. 오늘은 오로라의 고향 트롬쇠까지 가는 날이다. 차창 밖의 풍경이 조금씩 달라지기 시작한다. 스웨덴까지 내내 따라오던 들판은 사라지고 한국의 야산과 비슷한 풍경이 펼쳐진다. 산이 있으니 골짜기가 있고, 골짜기마다 사람의 집이 들어서 있다. 눈 속에 파묻힌 성냥갑만 한 집들. 사람이 사는 풍경이라기보다는 달력 한 장을 펼쳐 놓은 것 같다.

왕복 2차선 도로를 눈 속을 뚫고 끝없이 달려나간다. 바퀴에 체인을 친 바람에 차는 더욱 덜컹거린다. 밥그릇 · 접시 · 컵 · 수저… 차가 메뚜기처럼 뛸 때마다 주방의 온갖 집기가 아우성친다. 엉덩이도 제멋대로 들썩거린다. 수첩에 메모하는 볼펜 글씨가 삐뚤빼뚤 정신이 하나도 없다. 밥을 굶더라도 스노타이어로 갈아야 할 것 같다. 벌금도 벌금이지만 갈수록 도로 사정이 나빠져서 위험하다. 마침 나타난 타이어 가게로 진석과 브노아가 들어갔지만 조금 뒤 힘없이 그냥 나온다. 타이어 가격이 엄청나게 비싸다. 그 정도의 출혈은 우리 형편상 무리가 아니라 불가능이다. 북유럽은 캠핑카로 겨울에 여행할 만한 곳이 아니라는 사실을 실감한다.

브노아가 아무리 베스트 드라이버라지만 안전장비 하나 없이 우리 모두의 목숨을 맡기는 건 미안한 일이다. 가슴이 묵직하다. 차를 세우고 잠시 쉴 때마다 브노아는 "어드벤처"를 외친다. 그만큼 위험하다는 뜻인데도 속수무책이다. 농담처럼 말하지만 얼마나 긴장을 하고 있을까.

음식점을 찾아 이곳저곳 헤매다가 오후 2시 가까이 돼서야 겨우 식사를 했다. 오늘의 첫 끼니다. 어느 정도 달리자 왼쪽에 바다가 나타난다. 노르웨이에 왔다는 것을 실감한다. 노르웨이의 상징이라고 할 수 있는 피오르드일 것이다. 점심을 먹고 나니 곧바로 땅거미가 깔린다. 마주 오는 차들의 헤드라이트 속에 갇힌 눈발이 점점 거세진다. 해협을 끼고 그렇게 한참 달리다 보니 어느 순간 'Tromsø'라는 간판이 나타난다. 아! 트롬쇠…. 북유럽 오로라 탐험의 베이스캠프. 얼마나 많은 우여곡절을 겪었던가. 그 눈을 뚫고 안전장비도 없이 여기까지 오다니. 신의 돌봄이었다. 계산을 해보니 항로로 8,000km, 그리고 육로로 4,500km를 달려왔다. 항구도시는 불을 환하게 밝히고 머나먼 곳에서 온 나그네들을 반긴다.

캠핑장에 도착한 시간이 오후 3시 58분. 사위는 어둠 속에 온전히 몸을 묻었다. 이곳에서 최소 5일을 머물 계획이다. 그 안에 오로라를 만날 수 있을지. 어제와 같은 행운이 다시 따라줄지. 흥분과 걱정이 교차하는 가운데 눈 위에 캠핑카를 세운다. 밖으로 나와 보니 엄청난 광경이 기다리고 있다. 시커먼 까마귀들이 하늘을 온통 메우고 있다. 하늘이 어둠 때문에 검은 것인지 까마귀 때문에 검은 것인지…. 북유럽 신화의 주신인 오딘Odin의 전령이 까마귀라더니, 특별히 환영을 나온지도 모르겠다.

RÅFISKLAG
FISK

북위 69도 40분에 위치한 북극권 최대 도시 트롬쇠.
하지만 크기는 한국의 시골마을 정도다.
아기자기하게 정돈된 건물과 바다를 접한 풍경,
눈에 뒤덮인 도시는 여행자라면 꼭 한 번 눈에 담고 싶은 장면이다.

트롬쇠 도착 첫날 저녁, 진석이 김치찌개를 끓이고 밥을 새로 해서 맛있게 먹었다. 파리에서 사온 김치가 그럭저럭 먹을 만하다. 밥을 먹으면서도 마음은 연신 밖을 들락거린다. 그 사이에 하늘에 오로라가 떴다 사라지면 어쩌지? 괜한 걱정인 줄 알면서도 마음이 자꾸 그리 흐른다. 모처럼 김치찌개로 포식했더니 세상이 만만해 보인다.

설거지를 하러 가다 한국인 청년들을 만났다. 핏줄은 낯선 곳일수록 더욱 당기게 마련이다. 유홍과 이 얘기 저 얘기 나누며 지나는데 젊은이 둘이 "안녕하세요" 하고 말을 걸어온다. 이 오지에서 한국인을 만나다니. 가던 길을 멈추고 그들과 이야기를 나눈다. 노르웨이의 수도에 있는 오슬로 공항에서 차를 렌트한 뒤 트롬쇠까지 왔다고 한다.

"여기까지 무슨 일로 왔어요?"

"그냥 여행을 왔습니다. 전부터 오고 싶은 곳이었거든요."

여행을 다니면서도 여행이라는 단어는 나를 설레게 한다. 저 나이 때 나는 여행을 얼마나 다녔던가? 저절로 고개를 젓는다. 살아남는 게 삶의 목표였던 시절이었다. 마음으로 그들의 미래를 축원한다. 그래! 여행이 삶을 얼마나 풍요롭게 하는지는 시간이 흐른 뒤에야 비로소 알게 된다네. 그대들이 걷는 길에 축복이 가득하기를.

설거지를 마치고 카메라를 챙겨 산책에 나선다. 트롬쇠에는 겨울 캠핑객이 제법 많다. 캠핑카를 세워두고 며칠씩 묵어간다. 오로라를 보러 온 사람도 있고 스키를 타러 온 사람도 있다. 예상보다 춥지 않아서 다행이다. 눈 위에 숱한 발자국을 남겨놓고 캠핑카로 돌아온다. 밤새 혹시나 싶어 밖을 들락거렸지만 오로라는 끝내 나타나지 않았다. 오로라의 고향 트롬쇠라고 아무 곳에서나 오로라를 볼 수 있는 건 아닌 모양이다.

"세상에는 말이야,
두 부류의 사람이 있지.

오로라를 본 사람과
보지 못한 사람."

세상의 끝에서 만난 오로라

¶

오늘은 유홍의 생일이다. 머나먼 곳에서 맞이하는 생일이니 감회가 남다를 것 같다. 생일 아침을 그냥 지날 수는 없지. 축하하는 의미에서 아껴둔 짜장라면을 끓였다. 면발처럼 오래오래 건강하기를. 케이크도 없고 촛불도 없지만 축복하는 마음만큼은 풍요롭다.

오전 10시경 느긋하게 시내 트래킹을 나선다. 아무리 밝은 눈을 가진 사람이라도 낮에는 오로라를 볼 수 없다. 오로라뿐이 아니다. 분명 그 자리에 존재하지만 보이지 않는 것들은 얼마나 많은지. 인간 스스로가 가진 한계이지 대상이 지닌 문제는 아니다. 그런데도 자주 그 대상을 원망하고 탓한다. 일단 오로라는 하늘에 맡겨두고 트롬쇠를 제대로 알아볼 일이다. 눈발은 쉬지 않고 날려 눈 위에 또 눈이 쌓인다.

트래킹에 나서서 맨 먼저 만난 건물은 언덕 위에 우뚝 서서 바다를 바라보는 거대한 교회. 삼각형의 외관이 독특하면서도 거대한 이 교회의 이름은 북극대성당The Artic Cathedral이다. 이름만으로도 뭔가 예사롭지 않아 보인다. 트롬쇠의 랜드마크로 불리는 이 성당은 모양이 호주 시드니에 있는 오페라하우스를 닮았다고 해서 '노르웨이의 오페라하우스'라는 별명도 갖고 있다. 그 교회가 언덕 위에 앉아 오연한 자세로 트롬쇠를 건너다보고 있다.

교회 바로 앞에는 피오르드가 큰 강처럼 흐른다. 지금 내가 서 있는 곳에서 트롬쇠가 있는 트롬쇠야 섬으로 들어가려면 피오르드 위에 놓인 긴 다리를 건너야 한다. 이름은 '트롬쇠 다리'. 1960년 완공되었는데, 그 당시 북유럽에서 가장 긴 다리였다고 한다. 안내지도에는 1,016m의 길이로 걸어서 20분 걸린다고 써놓았다. 다리 아래로 보이는 바다가 깊고 푸르다. 다

유럽 대륙의 가장 북쪽에 자리한 북극대성당 모습

(위) 트롬쇠 다리 (아래) 항구에 정박한 배들

리에서 해수면까지 아득하게 멀다. 고소공포증이 점점 심해지는 나로서는 다리를 건너는 자체가 모험이다. 바다 한가운데에서 새들이 연신 자맥질을 하고 있다. 해안선을 따라 정박해 있는 배들이 평화롭다. 바다에서 온몸으로 겪었을 고단을 지운 지금은 평화를 누리는 시간. 하지만 저들이 분배받은 평화의 시간 역시 길지는 않을 것이다. 끊임없이 무엇인가와 싸워야 존재할 수 있는 것들이 많다.

북위 69도 40분에 위치한 북극권 최대 도시 트롬쇠. 도시는 이른 아침이라 그런지 조용한 편이다. 이곳은 제2차 세계대전 당시 노르웨이 임시수도 역할을 하기도 했다. 노르웨이 북부 트롬스 주의 주도다. '북극의 파리'라고 부르기도 한다. 노르웨이의 7번째 도시라고 하지만 규모는 한국의 읍소재지 정도밖에 안 된다. 관광도시답게 여러 인종의 관광객이 거리를 오간다. 이곳 역시 온통 눈에 덮여 있다. 북극으로 가는 관문으로 불리는 트롬쇠는 북극 탐험자들이 출발하는 곳이다. 5월 하순부터 백야가 시작돼 약 2개월 동안 한밤중에 태양을 볼 수 있다. 역사와 환경이 어떻든 내게 중요한 것은 오로라다. 이 도시가 과연 내게 오로라를 보여줄까?

여기저기 골목을 탐험하는 사이 다양한 겨울 관광객들과 마주친다. 동양인들도 제법 많다. 중앙도로 길가에는 중간중간 집시들이 앉아 있다. 남자와 여자가 골고루 자리 잡고 있다. 게다가 영역을 나눠 한 구역씩 차고앉은 듯 거리가 일정하다. 트롬쇠는 북극 관광으로 유명한 곳이라 부자들이 많다고 한다. 돈 많은 관광객 역시 많을 것이다. 찻집에 들어가 추위를 녹이는데, 창밖에 앉아 있던 집시 여인 하나가 벌떡 일어서더니 씩씩하게 걸어간다. 마치 퇴근 시간이 된 직장인이 회사를 나서는 걸음걸이다. 일어서는 순간 누가 봐도 구걸하는 사람은 아니다. 아, 이렇게 사는 법도 있구나.

두터운 옷으로 무장한 한겨울 트롬쇠의 사람들

◇◆◇

특별히 무엇을 보려고 애쓰지 않고
무엇을 담아가려고 아등바등하지 않고

햄버거로 점심을 먹고 나서, 각자의 시간을 갖기로 하고 뿔뿔이 흩어졌다. 혼자 이곳저곳을 기웃거리는 재미가 쏠쏠하다. 관광객들이 거의 다니지 않는 언덕 위로 올라가 눈밭을 걷다가 집들과 집들 사이의 한적한 골목을 걷는다. 주민들과 마주치면 눈으로 인사한다. 특별히 무엇을 보려고 애쓰지 않고, 무엇을 담아가려고 아등바등하지 않는다. 오후 3시가 되니 해가 빠른 속도로 기운다. 도시 건너편의 설산이 황금빛으로 빛나기 시작한다. 그리 높지 않은 산인데도 범접하기 어려운 위엄이 있다. 확인해보니 이곳 원주민들이 'Holly Mountain'이라고 부르는 성산이라고 한다. 어두운 그림자가 산을 완전히 덮을 때까지 넋을 놓고 바라본다. 이 여행이 목적을 이루고 무사히 끝날 수 있도록 해주소서. 슬그머니 소망도 얹는다.

약속한 장소에서 다시 네 명이 만났다. 브노아가 곁에 오더니 손에 슬그머니 작은 튜브를 쥐어준다. 입술 튼 데 바르는 약이다. 요새 며칠 잔뜩 부르튼 내 입술을 두고 걱정하는 기색이더니 기어이 약을 사온 모양이다. 아! 어쩌자고, 이 덩치 큰 프랑스 사내는 곳곳에 감동을 숨겨놓고 있는 걸까.

트롬쇠에는 오로라 사냥꾼이라고 불리는 사람들이 있다. 물론 공식적인 명칭은 아니고 오로라가 나타나는 곳으로 관광객을 안내해주는 사람들을 그렇게 부른다. 오로라가 흔한 트롬쇠라고는 하지만 아무 곳에서나 볼 수 있는 것이 아니니, 포인트를 제대로 짚어주는 이들의 안내를 받을 수밖에 없다. 그런데 이들이 안내하는 버스를 타는 비용이 만만치 않다. 멤버 네 명 모두가 가려면 돌아갈 돈이 남을 것 같지 않다. 결국 사진을 찍어야 하는 진석이 오로라 사냥꾼과 함께 가기로 하고 나머지는 남아서 유홍의 생일을 축하해주기로 했다.

한국 음식을 먹고 싶지만 이곳에 한식집이 있을 리는 없고, 여기저기 뒤

져서 찾아낸 게 'Lotus'라는 이름의 중국 음식점이다. 하지만 막상 들어가 보니 말만 중국 음식점이고 음식은 말 그대로 퓨전이다. 특히 스시가 주종을 이루고 있다. 결국 '중일식집'인 셈이다. 짬뽕이나 짜장면이 있느냐고 물었더니 그런 건 없고 스시나 요리를 시키면 우동이 나온단다. 그게 어디야. 우동이라는 말만 들어도 반가웠다. 맥주를 한 잔씩 마시며 객지에서 맞은 유홍의 생일을 축하한다. 서빙을 하는 흑인 아가씨는 2년 전에 아프리카에서 트롬쇠로 왔단다. 낮에는 학교에 다니며 간호사 공부를 하고 밤에는 이곳에서 아르바이트를 하는 유학생이다.

맥주병이 가벼워지는 만큼 밤은 깊어간다. 케이크도 없는 생일파티를 끝내고 캠핑카로 돌아와 몸을 뉘었지만 잠은 쉽사리 오지 않는다. 진석이 돌아오지 않았기 때문이다. 지금쯤 오로라를 만났을까? 동양에서 온 사내를 위해 여신이 황홀한 춤을 보여줬을까? 이 생각 저 생각으로 몸을 뒤채는데 메시지 알림음이 울린다. 시간을 언뜻 보니 밤 12시가 넘었다. 사진이 한 장 도착했다. 카메라 액정을 휴대전화로 찍은 사진이다. 거기 오로라가 선명하다. 만세!!! 유홍과 브노아의 잠을 방해하지 않기 위해 조용히 만세를 부른다. 곧이어 메시지가 뜬다.

"형님이 페이스북 오로라 방에 올려주세요."

펀딩을 받아 여기까지 왔으니, 도와준 분들의 마음이 결코 가볍지 않은 무게로 우리의 어깨에 얹혀 있다. 목적지인 트롬쇠에 와서 맨 먼저 찍은 사진을 그분들에게 전해주라고 급하게 보낸 것이었다. 얼른 오로라 방에 소식을 전한다.

그 뒤로는 진석으로부터 소식이 없다. 눈은 더욱 말똥거리는데, 캠핑카 지붕에 싸르륵 싸르륵 눈 내리는 소리가 얹힌다. 그렇게 한참 시간을 보낸 뒤에야 진석이 돌아오는 기척이 들린다. 그런데 왜 안으로 안 들어오지? 옷을 입고 밖으로 나가 보니 짙은 냉기 속에 진석이 서 있다. 앞에 세워놓은 삼각대가 장승처럼 커 보인다. 그가 하늘을 계속 올려다보고 있다.

"오로라가 있어?"

"눈으로는 안 보이는데 장노출로 찍어보면 희미하게 나타나요. 그래서 혹시나 하고…."

그랬구나. 그래서 안으로 들어오지 못하고 밖을 서성거리고 있구나. 몸이 얼어붙을 것처럼 춥다. 하지만 진석은 들어갈 생각이 없는 것 같다. 시간은 새벽으로 달려가고 있는데. 그가 나를 돌아다본다.

"추워요. 형님은 얼른 들어가세요. 저는 좀 더 기다려볼게요."

그의 간절한 마음이 캠핑카로 들어가는 발걸음에 무게를 더한다. 우리는 대체 무엇을 이루기 위해 이렇게 잠 못 들고 있는 것일까. 자리에 다시 누웠지만 잠은 여전히 멀리 있다. 새벽 3시쯤 되었을까? 그가 들어오는 기척이다. 쉽게 잠이 올 것 같지 않다. 이런 때 쓰려고 가져온 위스키를 한 모금 마신다. 꿈속에라도 오로라가 나타났으면 좋겠다.

트롬쇠에서 가장 먼저 찍은 오로라

친절한 이탈리아 아가씨 앨리스

¶

아침에 눈은 떴지만 몸은 천근쯤 될 듯 무겁다. 오늘은 나도 오로라를 만나러 가는 날이다. 컨디션이 좋아야 할 텐데…. 아니다, 내 컨디션이 무슨 문제가 되랴. 오로라를 볼 수 있을 만큼 하늘이 맑았으면 좋겠다. 뜨거운 물로 샤워를 하니 몸이 조금 가벼워진다. 이곳은 캠핑장 이용료만 내면 따로 돈을 내지 않아도 샤워를 마음 놓고 할 수 있다. 늦은 아침식사를 한 뒤 시내로 나간다. 오늘은 지구의 최북단 대학으로 알려진 트롬쇠 대학에 가보기로 한 날이다.

1972년 개교한 트롬쇠 대학은 노르웨이에 있는 8개 국립 종합대학교 중 하나다. 북극권 내에 위치하고 있어 세계 최북단의 대학교로 유명한 것은 물론 극지연구·다문화연구·생명과학 등의 분야에서 세계적인 명성을 가지고 있다. 캠퍼스는 생각보다 크다. 이 작은 도시에 이렇게 큰 대학이 있

트롬쇠는 대표적인 겨울 관광지로
겨울 여행의 백미를 느낄 수 있다.

북극의 자연과 생활사가 전시되어 있는 트롬쇠 박물관

다니. 트롬쇠 대학 박물관에서 꽤 긴 시간을 보냈다. 오로라 영상과 생성 원리 등을 공부할 수 있도록 체계적으로 전시를 해놓았다.

대학에서 나와 찾아간 곳은 트롬쇠 박물관. 이 박물관은 북극의 자연과 생활사가 전시돼 있는 곳이다. 이 지역의 원주민인 사미족의 삶을 한눈에 볼 수 있다. 박물관을 한 바퀴 돌아보고 로비로 나오니 눈이 엄청나게 쏟아진다. 이 정도 눈이면 폭설이라는 단어가 어색할 지경이다. 들어갈 때만 해도 멀쩡하던 하늘이었는데, 어디에 이렇게 많은 눈을 감춰두고 있었을까.

문제는 오로라다. 계속 이런 상태라면 오늘 저녁에도 보기 어려울 수밖에 없다. 택시를 불러 타고 시내로 나간다. 노르웨이는 물가가 비싸기로 유명하지만 다행히 택시비는 크게 비싸지 않다. 파리보다 조금 싸거나 비슷한 수준이다. 호텔 비용은 엄두가 안 날 만큼 비싸다. 트롬쇠는 관광지이기 때문에 더 그렇다. 파리는 잘만 찾아보면 3만 원(25~30유로) 정도의 '허름한' 숙소도 있는데 이곳은 싼 곳이 15만~20만 원 정도라고 한다. 물가의 척도로 많이 비교되는 햄버거 값은 파리보다 조금 더 비싼 편이다.

저녁때까지 시간을 보내기 위해 카페에 자리를 잡았다. 모두의 눈은 찻잔이 아니라 창밖으로 가 있다. 걱정스러운 표정들이다. 참으로 인색한 하늘이다. 그래도 혹시나 싶어 이 사람 저 사람 붙잡고 오로라를 볼 가능성이 있겠는지 물어본다. 젊은 여성 하나가 들어와 옆자리에 앉더니 흘끔거리며 우리 일행에게 관심을 보인다. 동양인이 신기해서는 아닐 것이다. 트롬쇠에 와서 만난 일본인과 중국인도 제법 많을 만큼 동양인이 드물지는 않았다. 그녀가 뭔가 결심했다는 듯이 유창한 영어로 말을 걸어온다. 탁자 위에 쌓아놓다시피 한 대형 카메라들을 보고, 우리가 오로라를 찾아왔을 거라고 짐작한 것 같다.

"오로라 봤어요?"

"아뇨. 아직 못 봤는데, 걱정이에요. 눈이 저렇게 와서… 방법이 없을까요?"

인사 끝에 우리의 상황을 하소연했더니, 그녀는 기다리기라도 했다는 듯 여기저기 전화를 건다. 두 눈에는 '내가 너희에게 오로라를 꼭 보여주마'라는 결의가 엿보인다. 전화가 닿는 곳마다 뭔가 부탁하는 눈치더니, 스마트폰으로 이것저것 검색하고 메모까지 해가며 정보를 찾는다. 세상에는 이렇게 친절한 사람도 살고 있구나. 그녀가 메모를 보여주며 상황 설명을 한다. 누구를 만나면 오로라를 쉽게 찾을 수 있는지, 사무실은 어딘지, 전화번호는 무엇인지… 약도까지 세세히 그려가며 가르쳐준다. 이야기가 길어지니 서로의 내력이 자연스럽게 교환된다. 앨리스라는 이름의 그녀는 이탈리아 출신의 그래픽디자이너라고 한다. 트롬쇠에 와서 일한 지 5년 정도 됐다. 명함을 주고받으며 이야기를 나누다가 함께 사진까지 찍는다.

그녀가 아무리 친절해도 하늘은 친절하지 않았다. 눈은 계속 퍼붓듯 내리는데 저녁이 가까워진다. 결국 오늘도 모두 함께 가는 오로라 투어는 포기할 수밖에 없다. 오로라를 볼 확률이 낮은 상태에서 많은 비용을 쓸 수는 없으니. 토론 끝에 진석만 핀란드 국경까지 다녀오기로 했다. 그곳에 가도 오로라를 볼 수 있는 확률은 반반. 함께 결정한 거니 내색은 할 수 없지만 한숨이 절로 나온다. 솔직하게 말하면 머리 꼭대기까지 오른 화를 주체할 수 없었다. 이렇게 계속 오로라를 볼 수 없다면 나는 대체 책에 무엇을 기록한단 말인가. 주어진 시간은 한정돼 있고 하늘은 인색하기만 하다.

진석이 떠나고 유홍, 브노아와 함께 캠핑카로 돌아온 뒤 내가 저녁식사를 마련했다. 그래봐야 라면을 끓여 찬밥을 말아 먹는 정도다. 속이 안 좋은 브노아를 위해서는 밥과 참치를 넣고 죽을 끓였다.

겨울 여행에 온기를 불어넣어주는 사람들

◇◆◇

어느 곳, 어느 시간 위를 걷든
사람이 살아가는 풍경은 변함없다는 위안

설거지를 책임지겠다고 큰소리치던 유홍은 수저를 놓자마자 침대로 쓰러지더니 감감 무소식이다. 오밤중인 것 같았는데 시계를 보니 겨우 저녁 7시 40분. 설거지를 마치고 모처럼 시집을 펴든다. '모처럼'이라는 표현이 부끄럽게도 여행이 시작되고 처음 손에 들어보는 시집이다. 그만큼 여유가 없었던 것일까. 책장을 넘기지만 시는 한 줄도 머릿속에 들어오지 않는다. 고통스러운 밤이다. 오로라 탐험을 간다고 큰소리치고, 소셜 펀딩까지 하는 오만을 저질렀는데 여전히 오로라는 멀리 있다. 계속 무거운 내 얼굴을 보다 못한 브노아가 묻는다.

"준! 뭐가 걱정이야?"

설명해줄 말이 없어 간단히 대답한다.

"No see, No write."

오로라를 제대로 보지 못했으니 쓸 것도 없다는 말이지만, 농담이 아니다. 아니, 일관되게 고집하는 기록의 철학이다. 보지 않은 것은 쓰지 않는다. 이번 책은 김진석 작가와 공동 작업이니 사진은 직접 찍지 않아도 되지만 오로라를 봐야 쓴다는 명제는 변함이 없다. 결국 활자가 하루살이처럼 날아다니는 시집을 덮고 와인을 딴다. 한 잔 두 잔 마신 게 취기가 제법 오른다. 여행 역시 인생을 닮아, 갈수록 어려워진다. 파도처럼 밀려오는 상념을 털어내듯 스스로에게 말한다.

"친구여! 인생이라는 시험의 답안지는 아직 유출되지 않았다네. 기회는 아직 남아 있으니 좌절은 좀 더 기다렸다가 하세."

핀란드 국경까지 간 진석은 오로라를 만나고 있을까. 내일이 있으니 스스로 희망의 씨앗을 파종하는 수밖에.

다시 오로라를 만나다

¶

2월 12일 아침. 누군가 하늘에 장막을 친 듯, 해는 좀처럼 얼굴을 내밀지 않는다. 검색을 해보니 오늘의 공식 일출 시간은 8시 20분. 하지만 9시 30분이나 돼야 해가 제대로 뜬다고 한다. 그나마 2월이니 이 정도지 극야의 한가운데라고 할 수 있는 1월이었다면 어둠 속을 헤매다 돌아갈 뻔했다. 1월 초에는 해 뜨는 시간이 하루 28분에 불과하다고 한다. 새벽 내내 유난히 추워서 잠을 잘 수 없었다. 아침에 확인해보니 밤새 가스가 떨어졌다. 새벽에 돌아온 진석과 브노아가 가스통 교체 작업을 하느라 추위 속에서 땀을 흘린다.

오늘은 반드시 오로라를 만나야 하는데…. 이제는 하늘을 올려다보는 것이 습관이 돼버렸다. 진석은 침낭에 들어가 잠 속으로 빠져들고 나머지는 오랜만에 개인시간을 갖는다.

오늘은 반드시 오로라를 만나야 하는데…
이제는 하늘을 올려다보는 것이
습관이 돼버렸다.

노트북을 들고 캠핑장에서 운영하는 카페로 간다. 한국으로 돌아간 뒤 마감에 덜 쫓기려면 미리 여행기를 써둬야 한다. 카페는 따뜻하고 싼값에 커피를 마실 수 있어 좋다. 유홍은 혼자 트래킹을 떠나고 브노아는 카페 창가에 앉아 책을 읽는다. 모처럼 평화로운 시간이다. 사실 여행은 이래야 한다. 일상의 분주함에서 벗어나 평화와 안돈 속에 심신을 맡겨야 하는데, 여행이 곧 일인 나 같은 여행자에게는 꿈꾸기 어려운 환경이다.

글을 쓰면서도 눈길은 눈이 쏟아지는 창밖으로 자주 달음질친다. 아침에 잠깐 그쳤던 눈이 다시 쏟아지기 시작한다. 온갖 상념이 머릿속에서 바글거린다. 혹시 나는 허상을 쫓아온 건 아닐까. 존재하지 않는 것을 찾아 먼 길을 달려온 건 아닐까. 과도한 욕심을 부리고 있는 것은 아닐까. 분명한 것은 지금 나는 인간의 능력이 아닌 신의 영역에 기대고 있다는 것이다. 과학 원리야 어떻든, 오로라는 신이라는 이름을 빼놓고 이야기하기 어렵다. 북반구에서 극광極光, 즉 노던 라이트Northern light라고 부르는 오로라는 '신의 영혼'이라는 뜻을 갖고 있다. '새벽'이라는 뜻의 라틴어 아우로라Aurora에서 유래했는데, 로마신화에 나오는 '여명의 여신(그리스신화에서는 에오스)'의 이름이다. 아우로라는 장미색 피부를 가진 금발의 아름다운 여신이며 태양신 헬리오스의 누이동생이다.

에스키모 이누이트족의 전설에 따르면 오로라는 저승에 영혼이 존재하는 증거라고 한다. 즉, 방황하는 여행자들을 최종 여행지까지 안내하는 영혼에게서 나온 것이라고 믿는다. 북아메리카 원주민들은 오로라를 '정령들의 춤'이라고 불렀고, 중세 유럽에서는 신의 계시 혹은 하늘에서 타오르는 촛불이라고 불렀다. 노르만족으로 불리는 바이킹족은 전쟁의 여신 '발키라'가 전사들을 천국으로 데려갈 때 방패에서 반사된 빛을 오로라라고 믿었다고 한다. 금발의 여신이든 여행자를 안내하는 영혼이든, 결국 오로라는 인간의 영역을 벗어나는 존재다. 돈으로 살 수 있는 것도 아니거니와 욕심을 부린다고 내 마음대로 볼 수 있는 것도 아니다. 신의 영역을 잠시나마 엿본다는 게 어찌 쉬우랴. 늘 내리는 결론이지만 기도나 하는 수밖에 없다. 앞에 앉은 브노아도 걱정스러운 얼굴로 가끔 하늘을 올려다본다. 아직 보름도 지나지 않았는데 한국을 떠난 날이 아득한 옛날처럼 멀다.

오로라를 보려면 역시 '사냥꾼'이라 불리는 전문가들을 따라나설 수밖에 없다. 스스로 찾지 못하고 누구에겐가 기대야 한다는 게 영 마음에 차지 않지만 달리 뾰족한 수가 없다. 트롬쇠 시내에 나가 'NORTHERN SHOTS TOURS'라는 간판을 단 사무실에 예약을 하고 기다린다. 이곳에서는 오로라보다는 노던 라이트라는 말을 더 많이 쓴다. 정성이 하늘에 닿았는지 오후 3시가 지나면서부터 하늘이 개기 시작한다. 오랜만에 보는 맑은 하늘이다. 구름이 물러간 빈자리에 달이 떠오른다. 역시 오랜만에 보는 달이다. 조금 전까지 납덩이 같던 마음에도 환하게 빛이 들어온다. 이제 정말 오로라를 만날 수 있겠구나.

오후 6시 11분. 어둠이 짙어지자 오로라 투어버스가 출발한다. 차 안에는 여러 인종의 사람들이 타고 있다. 가장 많이 들리는 말은 중국어. 요즘은 세계 어디를 가도 중국인이 대세다. 시내를 벗어난 버스는 불빛이 보이지 않는 곳을 향해 달리고 또 달린다. 역시 불빛이 문제다. 오로라는 늘 자신의 자리에 있을 텐데, 인공 불빛에 가려 보이지 않는 것이다. 오로라를 가린 사람들이 오로라를 보겠다고 멀리 찾아간다. 창밖을 보니 달빛은 환한데 눈이 쏟아진다. 참 특이한 풍경이다. 교교한 달빛이 눈 사이를 뚫고 내린다. 마치 눈과 달빛이 누가 지상에 먼저 닿나 경쟁하는 것 같다.

노던 라이트Northern light라고도 부르는 오로라는 '신의 영혼'이라는 뜻을 갖고 있다. '새벽'이라는 뜻의 라틴어 아우로라Aurora에서 유래했는데, 아우로라는 로마신화에 나오는 '여명의 여신' 이름이다.

1차 목적지에 도착해서 시계를 보니 6시 55분. 버스에서 내려 안내인을 따라가는 길은 허벅지까지 눈 속에 푹푹 빠진다. 주변이 어두우니 까딱 잘못 눈 위로 넘어지면 흔적도 없이 파묻힐 판이다. 아무리 둘러봐도 불빛은 없고 내가 지금 어디쯤 있는지 위치도 파악하기 어렵다. 물이 찰랑거리는 소리가 들리는 것을 보니 바닷가인 것 같은데 육지인지 섬인지조차 모르겠다. 눈이 계속 쏟아지는데도 하늘에는 별들이 촘촘하게 싹을 틔우고 있다. 눈과 달, 혹은 별이 공존하는 세상이라니.

아! 느닷없이 여기저기서 감탄사가 터진다. 별만 있는 게 아니었다. 하늘로 치솟고 있는 저 푸른 띠는 분명 오로라다. 드디어 아우로라 신이 치맛자락을 펼친 것이다. 땅에서 솟아오른 듯 하늘에서 내린 듯, 천지간을 잇는 기둥이라니. 아니다. 바람에 흔들리는 비단 커튼이다. 그러니 저리 부드럽게 너울거리지. 그것만도 아니다. 누군가 하늘에 레이저 빔을 쏘아 올리는 것도 같고, 알 수 없는 존재가 하늘에 물감으로 쓱쓱 그림을 그리는 것 같기도 하다. 대체 인간의 언어는 왜 이리 빈곤한지. 결국, 표현할 말이 없다.

준비한다고 했는데 이번에도 허둥거린다. 삼각대를 제대로 펼 틈도 없이 카메라를 장착하고 릴리스를 연결하고 셔터를 누른다. 그런데 사진 찍는 게 만만치 않다. 처음엔 하늘 한가운데에 있던 오로라가 이리저리 움직이기 시작한다. 어어? 살아 있잖아. 그래서 그렇게 불렀던 것인가? 그린란드 원주민들은 오로라를 '공놀이'라고 부른다고 한다. 그린란드에는 그런 전설이 있다. 오로라를 보면서 휘파람을 불면 가까이 다가오고, 개처럼 마구 짖으면 멀리 사라진다나? 물론 나는 지금 그것을 실험해볼 여유는 없다. 휘파람을 불 시간도 개처럼 짖을 시간도 없기 때문이다. 시선은 오로라를 따라다니기에도 바쁘다. 여기서 솟고 저기서 솟고, 또는 천사가 두레박을 내리듯 느닷없이 지상으로 뻗어내리기도 한다.

발이 물에 젖는 줄도 모르고 눈 속에 허벅지까지 빠진 줄도 모르고 오로라를 따라 이리저리 움직인다. 무릎을 꿇기도 하고 때로는 눕기도 한다. 한참 사진을 찍다가 가까이 있는 브노아를 보니 아예 눈 위에 엎드려 있다. 삼각대를 가져오지 않았기 때문에 조금 높은 돌에 카메라를 놓고 사진을 찍느라 고군분투하고 있다. 보이는 대로 찰칵찰칵 눌러서는 잡을 수 없으니 고육지책을 쓰는 것이다. 가만 생각해보면 브노아처럼 엎드려야 제대로 볼 수 있는 게 오로라일지도 모른다. 저 경이로운 현상 앞에 어찌 뻣뻣하게 서 있기만 할까. 유홍은 아예 자신의 카메라를 배낭에 챙겨 넣고 진석이 사진 찍는 것을 도와주고 있다. 여행을 떠나기 전에 새로 장만한 카메라가 두어 번 셔터를 누르자 멈춰버렸다고 한다. 추위에 약해서인지 고장인지 모르겠다.

그렇게 혼을 몽땅 빼놓던 오로라가 약속이라도 한 듯 한꺼번에 사라진다. 신들의 파티가 끝난 모양이다. 악기를 연주하던 신도 노래를 부르던 신도 치맛자락을 펼치며 우아하게 춤을 추던 신도 집으로 돌아간 것이다. 쉽사리 지워지지 않는 잔상만 머리에 남아 펄럭거린다.

오로라 투어는 여기서 끝나는 게 아니다. 다시 버스를 타고 2차 장소로 향한다. 차가 출발하는 순간 돌아보니 또 하늘 가득 오로라가 펄럭거린다. 위에는 붉은색 아래는 푸른색의 보기 드문 오로라다. 마치 커튼콜에 불려나온 배우처럼 우아하다.

버스가 다시 한참 달려서 도착한 곳은 산허리 공터. 역시 눈이 많이 쌓여 있다. 여기서는 버스에서 내리자마자 달음박질칠 수밖에 없다. 저만치 산 위에 거대한 오로라가 걸려 있다. 조금 전 바닷가에서 본 오로라보다 더욱 선명하다. 또 정신없이 셔터를 누른다. 오로라를 찍으면서 저절로 깨닫는 것은 '눈에

보이면 무조건 찍으라'는 것. 좋은 장소, 좋은 조건을 찾다 보면 어느덧 사라지기 때문이다.

오늘 두 번째 보는 오로라지만, 감동은 조금도 퇴색되지 않는다. 아마 천 번을 봐도 마찬가지일 것 같다. 저 풍경을 보기 위해 그 먼 길을 달려왔는데, 여러 날 캠핑카 안에서 한기를 몸에 들였는데…. 역시 헛되지 않았다. 하늘은 선물을 준비해놓고 기다렸던 것이다. 나 혼자 초조해서 안달을 했던 것이다.

오로라를 바라보고 찍는 순간만큼은 다른 것들이 보이지 않는다. 주위에 사람이 많지만 아무 소리도 들리지 않는다. 내 안에서 탄성과 신음만 아우성칠 뿐이다. 하늘이 인간에게 베풀어주는 잔치, 경건하게 맞이하지 않을 수 없다. 저 하늘은 얼마나 많은 것들을 숨겨놓고 있는지. 보이는 게 전부가 아니라는 진리를 새삼스럽게 깨닫는다. 지금까지 너무 오만하게 살았구나. 뭐든지

다 본 척, 뭐든지 다 아는 척하며 살았구나. 부끄러운 마음에 고개를 숙인다. 지금의 이 마음을 오래 간직할 일이다. 눈을 감는 날까지.

두 번째 촬영을 마치고 나니 밤 10시가 넘었다. 오로라에 빠져 있을 때는 시간의 흐름을 전혀 느끼지 못한다. 차에 오르고서야 온몸이 땀에 젖어 있는 것을 알았다. 이 겨울에 달리기를 한 것도 아닌데, 이게 무슨 땀이람. 혹시나 싶어 옷을 두텁게 입은 탓도 있지만 내 안에 있던 그 무엇, 예를 들면 고통이나 슬픔의 덩어리 같은 것이, 밖으로 모두 빠져나간 것 같다.

두 번째 촬영을 마치고 세 번째 장소로 가는 차 안에서야 비소로 동행한 사람들의 얼굴이 하나씩 보인다. 노인도 있고 젊은이도 있고 동양인도 서양인도 있다. 심지어 중국에서 친구들을 대동하고 온 신혼부부도 있다. 그들은 날이 무척 추운데도 드레스만 입고 오로라를 배경으로 사진을 찍는다. 두고두고 잊을 수 없는 신혼여행이 될 것 같다. 인종과 사는 나라는 모두 다르지만 오로라를 찾아왔다는 공통점 하나로 동류의식이 느껴진다. 다만 나는 일을 위해서 왔고 이들은 보고 즐기기 위해 왔다는 점이 다르다. 그래서인지 이들에게는 서두르는 기색이 없다. 잠시도 방심할 수 없는 나에게는 부러운 일이다.

세 번째 장소에서 오로라를 보고 났을 때는 새벽 12시 33분. 오늘은 브노아의 컨디션이 영 좋지 않다. 버스의 기름 냄새를 맡은 뒤로 멀미를 한다고 한다. 차는 눈 속을 달려 시내로 돌아간다. 차에 앉아서야 신발이 안쪽까지 다 젖은 걸 알았다. 물론 양말도 물기가 흥건하다. 그래도 하늘과 교신을 허락받은 대가치고는 싼 편이다.

오로라가 있는 지역을 안내하고 이 사람 저 사람에게 사진 찍는 법을 가르쳐주고 심지어 셔터까지 눌러주던 여자, 즉 오로라 사냥꾼이 내게 오더니 엄지손가락을 치켜 올린다.

"You are really professional."

무슨 소리지? 내 큼직한 카메라를 보고 하는 말인지, 남들보다 열성적으로 눈밭을 뒹구는 모습을 기억했다가 하는 말인지 아리송하다. 하지만 기분이 나쁠 까닭은 없다. 그저 웃음으로 답례를 한다.

"Thank you."

이제야 조금 마음이 놓인다. 고생은 했지만, 오로라를 원 없이 봤다는 행복감이 가슴에서 출렁거린다. 오늘은 푹 잘 수 있을 것 같다. 트롬쇠 시내에 도착하니 새벽 1시. 오로라를 만난 날이니 그냥 지나갈 수 없었다. 컨디션이 안 좋은 브노아는 일찍 캠핑카로 돌아가고 유홍과 진석, 나는 가볍게 축배를 들기로 한다. 펍을 찾는다는 게, 나이를 확인하고 입장료를 내고 팔목에 도장까지 받는 절차를 거쳐서 들어가 보니 젊은이들이 밤새워 노는 클럽이다. 화려하고 가볍게 차려입은 남녀들이 술잔을 들고 오가며 어디서든 자유롭게 춤을 춘다. 추운 나라 사람들도 이렇게 사는구나. 벽에 걸어둔 거울을 보니 우리 일행은 들판을 헤매다 온 거지꼴이다. 그 와중에도 유홍은 구경을 한다고 한 바퀴 돌고 진석과 나는 한쪽 구석에 멋쩍게 서 있다가 금세 나왔다. 이번엔 진짜 펍을 찾아 맥주를 한잔씩 하며 흥분으로 가득했던 시간을 다독거린다.

오로라를 바라보는 순간만큼은
다른 아무것도 보이지 않았다.

오로지 오로라에만 몰입하는 시간.
정신을 차리고 보니 무릎을 꿇고 있었다.

오로라, 그 찬란한 이름의 실체

¶

아침에 눈을 떠도 머릿속에는 오로라가 춤을 춘다. 어쩌면 어제저녁에 보았던 것들이 모두 꿈이었는지도 모른다는 생각까지 든다. 꿈이라면 깨지 말기를. 오로라는 차라리 환상으로 간직하는 것이 좋을 것 같다. 신들의 영역에 잠입해서 몰래 훔쳐본 것이어야 한다.

오로라는 물론 신의 작품이 아니다. 태양과 지구가 공모해서 만들어낸 현상일 뿐이다. 한 번쯤은 오로라의 원리를 제대로 알아보자. 태양은 빛뿐 아니라 대전입자(플라스마)라는, 전기를 띤 입자도 방출한다. 그중 끝까지 살아남아 지구 근처까지 도착한 일부를 지구 자기장이 끌어당기면서 대기로 진입하게 된다. 자기장과 결합한 입자들은 지구의 양 극지방으로 내려오게 되는데, 그때 지구의 공기분자와 반응하여 빛을 내는 현상이 오로라다.

◇◆◇

오로라는 태양과 지구가 공모해서

만들어낸 현상이다.

오로라는 위도 60도에서 80도의 고위도 지역에 많이 발생하는데, 이 지역을 '오로라 대aurora oval'라고 부른다. 주로 캐나다 북부, 알래스카 북부, 그린란드 남쪽, 아이슬란드, 유럽과 시베리아 북쪽 끝에 걸쳐 있다. 남반구에서는 남극대륙 일부에 걸쳐 있다. 태양의 활동이 활발한 기간에는 오로라가 중위도까지 확장되기도 한다.

그중 접근이 가능해서 오로라 관측지로 적절한 곳으로는, 노르웨이의 트롬쇠 외에도 캐나다의 옐로나이프와 화이트호스Whitehorse가 유명하고, 알래스카의 페어뱅크스Fairbanks, 스웨덴의 아비스코Abisko 국립공원 등도 많이 찾아간다.

한국에서는 오로라를 볼 수 없을까? 지금은 보이지 않지만 옛날에는 관측이 가능했다고 한다. 옛사람들은 오로라를 적기赤氣라고 불렀다. 굳이 번역하면 붉은 기운이라는 뜻쯤 되겠다. 적기에 대한 기록이 700여 건이나 있는데, 기원전 35년 고구려 동명성왕 때 나타났다는 기록이 맨 처음이다. 한반도에 오로라가 나타난 시기를 분석해보면 태양 활동의 극대기와 대부분 일치한다고 한다. 그때는 지구 자기장의 위치가 지금과 달랐기 때문에 오로라가 나타나는 위치도 달랐을 것으로 추정된다. 물론 환경이 오염되지 않았기 때문에 아주 멀리까지 보였던 이유도 있겠지만. 특별한 경우도 있어서 지난 2003년 10월 30일 새벽에는 유례없이 강한 태양 자기폭풍에 의해서 한반도에서도 오로라가 관측됐다고 한다.

오로라는 대개 초록색으로 보이지만 다양한 색깔을 지니고 있다. 황록색 · 붉은색 · 황색 · 오렌지색 · 푸른색 · 보라색 · 흰색 등이 있는데, 태양풍이 대기 중의 어떤 성분과 반응하느냐에 따라 색깔이 달라진다. 예를 들면 저위도 지방에서 관측되는 붉은색 오로라는 산소의 반응에 의한 것이다. 대개는 초록색이지만 위쪽으로 붉은색이 나타나면서 두 가지 색이 함께 보이기도 하고 드물게 분홍빛이나 보라색으로 나타나기도 한다.

오로라의 밝기는 은하보다 약한 것부터 1등성만 보이는 새벽녘에 볼 수 있는 것까지 다양하다. 고도는 드물게 1,000km 이상에 이르는 것도 알려져 있으나 대부분은 90~150km 범위에 있다.

나는 이런 과학적 분석이나 설명이 탐탁지 않다. 오로라 현상에 대한 규명이나 예측과 같은 과학적인 연구는 아직도 20%에 못 미친다고 한다. 내게는 여전히 신의 영역이고 여신의 치맛자락이고 하늘이 치는 커튼일 뿐이다.

누군가와 함께 여행을 한다는 것

¶

유홍의 중간 귀국은 예정된 일이었다. 아무리 '한량'을 자처하는 그라도 사업 때문에 한 달 내내 회사를 비울 수는 없다. 더군다나 직접 결정해야 하는 큰 비즈니스를 앞두고 있었다. 애당초 오로라 여행을 떠나면서 "오로라를 만나면 귀국하겠다"라고 선언했다. 그리고 어제저녁 오로라를 충분할 만큼 봤다.

막상 그가 떠난다니 아쉽고 섭섭한 마음이 앞선다. 좁은 공간에서 함께 자고 밥을 먹으며 부비고 지낸지도 보름을 넘겼으니 남다른 '동지애'가 생기지 않을 수 없었다. 안락한 곳으로 돌아가는 그에 대한 부러움이 없는 것도 아니다. 모두 많이 지쳤다. 따뜻한 방과 집에서 먹는 밥이 어찌 그립지 않을까. 하지만 우리에게는 그와 또 다른 목적이 있다. 돌아가는 길 역시 오로라 여행의 과정이고, 기록에서 빠질 수 없는 부분이다.

유홍의 귀국 경로는 트롬쇠 공항을 출발해서 노르웨이의 수도 오슬로를 거쳐 영국 히드로 공항에서 인천공항까지 가는 비행기를 타는 복잡하고도 머나먼 여정이다. 포옹으로 그를 배웅하고 돌아서는 발길이 가볍지 않다.

연일 강행군에 지친 진석은 밀린 잠을 보충하러 가고 브노아와 나는 컵라면으로 아침을 때운다. 브노아는 맵지 않은 전용 컵라면을 먹는다. 오늘은 만사 제쳐놓고 쉬기로 한 날이니 느긋하다. 노트북을 열어 엊저녁 찍은 오로라 사진들을 훑어보니 찍을 때와는 딴판으로 만족스럽지 못하다. 하지만 어쩌랴. 이미 돌이킬 수 없는 시간인 것을. 사진 담당 진석이 있으니 다행이다. 오전에는 브노아와 밀린 빨래를 했다. 동전을 넣을 줄 몰라서, 세제를 풀 줄 몰라서, 둘이 끙끙거리다 낄낄거리다 몇 시간을 보냈다.

오후 3시가 넘어 어둑해질 무렵, 브노아가 과일을 사러 가자고 은근히 유혹의 눈길을 보낸다. 나야 과일보다는 쉬는 게 더 좋지만 브노아를 혼자 보낼 수 없어서 못 이기는 척 따라 나선다. 오로라를 봤으니 모든 게 느긋하다. 걸음이 여유로운 만큼 세상도 여유로워 보인다. 눈 속에 들어앉은 집들도 어제보다 더 따뜻하게 마음에 와 닿는다. 창가에 나란히 놓인 화분들이 평화로운 풍경을 더욱 돋보이게 한다. 노란 등을 켠 집 앞을 지나다가 괜히 울컥하고 만다. 대상도 뚜렷하지 않은 그리움 때문이다. 나도 이제 떠돌아다니기보다는 정착하고 싶어진 것인가?

안온해 보이는 노란 등불이 범인이다. 이곳 사람들은 밤에도 대부분 커튼을 치지 않는다. 그러니 집 안이 고스란히 들여다보일 수밖에 없다. 부엌에서 저녁식사를 준비하는 주부와, 기다리며 TV를 보는 가족들. 어디를 가도 사람 사는 모습은 비슷하다. 노란 불빛이 다시 가슴을 축축하게 적신다. 저 풍경 이상의 가치가 어디에 있을까. 멀리 떨어져야 비로소 값있게 보이

오로라 여행을 함께한 브노아, 이유홍 대표, 이호준 작가

는 것들이 얼마나 많은지. 행복의 실체는 단단히 잠긴 금고가 아니라 지금 저 안을 비추는 불빛에 있는 것을.

북극대성당 근처에 있는 큰 집 앞에서 다시 걸음을 멈춘다. 처음엔 평범한 가정집인 줄 알았는데 집 안에 노인들만 보인다. 아! 양로원이거나 요양원 같은 노인공동시설이다. 역시 커튼을 치지 않아서 내부의 풍경이 환하게 들여다보인다. TV를 보거나 초점 없는 눈으로 앉아 있는 노인들…. 복지가 발달한 나라의 노인들도 무기력하기는 마찬가지구나. 옆에 서 있던 브노아가 한마디 한다.

"난 저런 곳에서 죽지 않을 거야."

"그럼 어디서 죽으려고?"

"집에서 죽을 거야."

그래, 집! 가족들 앞에서 삶의 마지막을 맞이할 수 있는 것도 큰 복이지. 나는 어디서 어떻게 죽을까? 선택이 가능할까? 글쎄… 이러고 다니다가 길에서 죽는 건 아닐는지.

브노아의 빠른 걸음을 좇아가기도 어려운데 북극대성당 옆에 있다던 슈퍼는 가도 가도 나오지 않는다. 브노아도 처음 가보는 길이니 거리와 시간을 완벽하게 가늠하기는 어려울 터였다.

허덕거리며 언덕을 올라가서 몇 번을 물어본 끝에 찾은 슈퍼는 생각보다 크고 화려하다. 한국의 대형 마트 정도 규모인데 으슥한 곳에 숨어 있다. 안으로 들어가 보니 채소와 과일의 천국이다. 언뜻 봐도 없는 과일이 없다. 무화과 · 키위 · 바나나 · 사과 · 멜론 · 자두 · 살구 · 복숭아 · 포도 · 오렌지 · 귤…. 한겨울에 자두와 살구까지 있다. 마늘 · 생강 · 양파 · 버섯 · 대파 · 붉은 고추 · 옥수수 같은 식재료들을 보니 괜히 집 생각이 난다.

브노아가 저녁식사로 볶음밥을 해 먹자고 한다. 슈퍼에 올 때까지만 해도 브노아는 죽을 먹고 나는 간단하게 비빔밥을 먹을 계획이었는데 풍성하고 먹음직스러운 재료들을 보니 마음이 바뀐다. 고개를 끄덕였더니 당근과 양파, 감자를 주섬주섬 담는다.

"햄은? 소시지 같은 건 안 넣어요?"

브노아가 강하게 고개를 저으며 외친다.

"Only vegetable!!!"

여행 중에 채식주의자라도 된 건가. 하지만 나는 속으로 웃는다. 캠핑카에 소시지가 남았거든요. 취향에 따라 두 종류의 볶음밥을 해야 할 모양이다. 계산을 하고 나오자마자 브노아가 바나나를 꺼내더니 껍질을 벗겨 한 입 베어 문다. 그는 과일을 무척 좋아한다. 그런데도 그동안 제대로 먹을 기회가 없었다. 얼마나 먹고 싶었으면…. 측은한 눈으로 바라보는 내게 브노아가 불쑥 바나나 하나를 내민다. 둘이 마주 서서 바나나를 입에 물고 웃는다.

캠핑카로 돌아오니 진석은 또 카메라를 챙기고 있다. 어제 오로라를 찍고 난 뒤에도 뭔가 불안해하더니, 오늘 저녁 다시 한 번 촬영을 나갈 모양이다. 하긴 하나라도 더 찍어야 안심이 되겠지. 서포터들에게 전해줄 사진도 준비해야 하지만, 그는 귀국 후에 오로라 사진전을 열기로 일정을 잡아놓았다. 저녁을 먹고 가라고 해도 고개를 저으며 서둘러 시내로 향한다.

나는 브노아를 공동주방에 앉혀놓고 저녁식사를 준비한다. 저녁식사는 예정대로 볶음밥이다. 일단 브노아가 먹을 것부터 만든다. 이건 쉽다. 채소만 익히면 된다. 브노아는 기름이나 소금조차 못 치게 한다. 무슨 맛으로 먹으려는지. 그의 주문대로 밥을 볶아주고 이번엔 내 몫을 만든다. 햄도 넣고 소시지도 넣고 기름도 치고 소금 간도 한다. 누가 뭐래도 나는 건강보다 맛이다. 그뿐인가. 남아 있던 와인도 다 비워버린다. 술은 내가 마시는데, 브노아가 "아! 행복해!"를 연발한다. 그래, 맛있게 먹는 것만큼 큰 행복이 어디 있으랴.

밤이 깊을수록 추위가 기승을 떨며 캠핑카를 꽁꽁 얼린다. 두툼한 침낭 속으로 들어가, 핫팩까지 여러 장 껴안고 잠들어도, 새벽이면 뼛속을 파고드는 한기 때문에 눈을 떠야 하는 날들의 반복이다.

3 주차

트롬쇠에서 부다페스트까지

트롬쇠를 떠나는 날

¶

진석은 새벽 2시쯤에야 들어왔다. 나 역시 그때까지 잠들지 못하고 뒤척거렸다. 진석은 요즘 식사를 거의 거른다. 밤에 움직이려니 끼니때에도 밥보다 잠을 선택하는 까닭이다. 이 정도면 여행이 아니라 고행이다.

오늘은 트롬쇠를 떠나는 날이다. 파리까지 돌아가는 머나먼 여정의 시작이다. 올 때는 벨기에 · 네덜란드 · 독일 · 덴마크 · 스웨덴 등을 거치는 직선 코스를 택했다면 돌아갈 때는 핀란드와 발트 3국을 거쳐 동유럽 몇 나라를 경유해서 갈 계획이다. 브노아는 아침 일찍 일어나 부지런히 움직인다. 분뇨를 버리고 물을 보충하고…. 길을 떠나기 전에 준비할 게 많다. 트롬쇠를 벗어나자 강을 닮은 바다, 피오르드가 계속 뒤를 따라온다. 얼어붙은 길이 얼마나 험한지 바퀴에 쳐놓은 체인이 자꾸 빠진다.

길을 떠나기 전이면
늘 분주하던 이른 아침의 공기,
캠핑카를 타고 달리며 마주하던
잊지 못할 풍경들…

브노아가 바퀴 체인을 몇 번 다시 끼워보더니 아예 빼놓고 달리겠다고 선언한다. 눈이 워낙 많이 오는 바람에 어떻게 해도 위험하긴 마찬가지다.

노르웨이의 시골길을 가다 아침 겸 점심을 먹으러 들른 휴게소에서 재미있는 컵라면을 발견했다. 모양은 한국의 컵라면과 똑같고 뚜껑에는 큼직한 글씨로 'Mr. Lee'라고 새겼다. 눈길을 끈 건 옆에 작은 글씨로 써놓은 '소고기맛'. 다른 건 없나 찾아보니 '닭고기맛'도 있다. 여기서 한글을 만나다니. 라면 하나에 또 턱없는 애국심이 솟아오른다. 그런데 Mr. Lee는 누굴까? 한국 사람인 건 틀림없는데 누가 여기까지 와서 라면을 만드는 것일까. 확인해보니 노르웨이에서 성공한 사업가 이철호 씨가 주인공이다. 이곳에서는 '라면왕'으로 불린다고 한다. 이런 땐 그냥 지나갈 수 없지. 뜨거운 물을 받아서 한 젓가락 먹어본다. 음? 현지화가 됐기 때문인지 내 입맛에는 잘 안 맞는다. 그래도 얼마나 자랑스럽고 기분이 좋은지.

오후 2시 50분, 노르웨이 국경을 넘어 스웨덴으로 들어섰다. 창문을 열고 멀어져가는 노르웨이를 바라본다. 오로라의 나라여, 안녕. 그러고 보니 그 유명하다는 청어요리 한 번 못 먹어봤다. 연어 직화구이도 특별한 맛이라는데…. 노르웨이는 겨울이 길기 때문에 저장식품인 햄 종류가 다양하고 바다에 접해 있어 생선 요리도 풍부하다. 하지만 모두 그림의 떡이었다. 경비도 경비지만 오로라 이외의 것은 생각할 틈이 없었으니 음식이 눈에 들어올 리가 없었다. 현지의 음식을 먹어보는 것도 여행이 주는 큰 즐거움인데….

진석의 제안으로 키루나에서 하루 묵어가기로 했다. 키루나는 노르웨이로 올라갈 때 잠깐 거쳐갔던 도시다. 스웨덴 최북단에 위치한 이 도시야말로 오로라 명소 중 하나다. 오늘 밤이 오로라를 볼 수 있는 마지막 기회다.

하지만 또 예상치 못한 변수가 우리를 기다리고 있었다. 키루나 인근을 아무리 뒤져봐도 캠핑장이 없다. 설상가상이라더니, 키루나로 들어가는 모든 도로를 통제하고 있다. 하룻밤 기댈 주유소조차 찾을 수 없다. 차 안의 공기가 무겁게 가라앉는다. 오후 5시가 넘은 깜깜한 시간, 눈이 쌓여 꽁꽁 얼어붙은 도로, 지친 브노아… 절망적이다.

그렇다면 무작정 달리는 수밖에 없다. 도로 사정은 최악이다. 목숨을 길에 맡겨놓고 달리는 셈이다. 마지막으로 오로라를 보겠다는 꿈도 사라졌다. 호텔을 찾아갈 형편도 아니지만, 도시로 들어갈 수 없으니 찾을 방법도 없다. 내가 이렇게 지치는데 하루 종일 운전만 한 브노아는 얼마나 힘들까. 그래도 차가 위험한 고비를 넘길 때마다 장난스럽게 "어드벤처, 어드벤처"를 연발한다. 그때마다 팽팽하게 당겨졌던 차 안의 공기가 조금 느슨해진다.

일단 예정에 없었던 칼릭스kallix라는 곳으로 방향을 잡는다. 그나마 도시를 만나야 살 수 있다. 세상이 꽁꽁 얼어붙었다. 어둠은 자꾸 농도를 더해가는데, 길은 끝날 기미가 없다.

DT·160·DQ

차가 위험한 고비를 넘길 때마다 장난스럽게
"어드벤처, 어드벤처"를 연발한다.
그때마다 팽팽하게 당겨졌던 차 안의 공기가
조금 느슨해진다.

눈 더미 속의 대형사고

¶

말 그대로, 순식간에 일어난 사고였다. 삶과 죽음은 그렇게 가까운 곳에서 나란히 달리고 있었다. 굳이 사고의 원인을 따지자면 무리한 운행 때문이다. "준! 사과 하나만" 하루 종일 제대로 먹지도 못하고 운전만 하던 브노아가 그렇게 외친 순간 불행의 그림자는 눈앞에 다가왔다. 브노아의 부탁을 듣고 얼른 사과 하나를 깎아서 손에 쥐어준 뒤 돌아서던 참이었다. 마치 지진이라도 난 듯 차가 두두두두 요동치더니 어딘가에 쿵!!! 하며 처박혔다.

간신히 몸의 균형을 잡고 나니, 대형 사고라는 생각부터 먼저 들었다. 브노아가 사과를 받느라 잠깐 한눈을 판 사이에, 눈길을 달리던 차가 미끄러져 제멋대로 뛰쳐나간 것이다. 다행히 진석과 브노아도 다친 데는 없다. 그나저나 차는? 먼저 정신을 차린 브노아가 시동을 걸어본다.

위험천만했던 눈길 사고의 순간들

차는 잠깐 쿨럭거리며 기침을 하더니 별 탈 없이 시동이 걸린다. 외장이야 조금 망가졌겠지만 눈 속이니 큰 문제는 없을 것이다. 휴! 다행이다. 아무도 다치지 않았으니 다행이고 차가 이 정도이니 다행이다. 눈구덩이에 박혔으니 망정이지 가로수를 받았거나 낭떠러지가 있었다면 무조건 세상과 이별할 뻔했다.

그나저나 이제부터가 큰일이다. 눈 속에 처박힌 차를 어떻게 꺼낸담? 문을 열고 밖으로 나가 보니 한숨이 저절로 나온다. 차가 도로 옆에 쌓아놓은 눈 더미 속으로 깊이 머리를 들이밀고 있다. 갈 길은 먼데, 속 모르는 눈은 계속 내려 쌓이고…. 일단 뭐든지 해봐야지. 바퀴 주변의 눈을 퍼내보지만 장비도 없이 높이 쌓인 눈을 치운다는 것은 불가능에 대한 도전이다. 하지만 그것밖에 할 일이 없으니 해야 한다. 이게 이역만리 낯선 땅에 와서 캄캄한 한밤중에 할 일인가? 다시는 이런 무모한 겨울 여행을 떠나지 않으리라고 이까지 갈아붙인다. 사과 하나 값치고 너무 비싸다. 하지만 근본을 따져보면 사과가 문제는 아니었다. 눈길, 낯선 길, 밤길, 피곤한 길… 근본적으로 무리한 여정이었다.

간신히 바퀴 옆의 눈을 치우고 체인을 감은 뒤 시동을 걸어봐도 차는 요지부동이다. 나무에 박힌 못처럼 단단하다. 눈은 계속 쏟아지는데 하늘을 올려다봐도 아무런 대책을 가르쳐주지 않는다. 진석은 화풀이라도 하듯 눈 퍼내는 동작을 반복하고, 브노아는 다른 방법이 없나 찾느라 이리저리 분주하다. 그 순간 '죽으란 법은 없다'라는 말이 현실이 된다. 구세주들이 줄줄이 나타난다. 맨 먼저 소형 승용차 한 대가 서더니, 부부가 함께 내려서 무슨 일이냐고 묻는다. 보다시피 이 지경이라고 했더니 그때부터 이리저리 애를 써본다. 하지만 그들이라고 고립무원의 설원에서 무슨 뾰족한 수가 있을까. 그래도 그들은 포기할 기색이 아니다. 지나가는 트럭을 세우고 도와달라고 간절하게 요청한다. 대체 동양에서 온 이름도 모르는 사람들과 무슨 인연이 있다고 이 추운데 저렇게 애를 쓰는 걸까.

드디어 트럭 두 대가 길가에 차를 세운다. 구조 요청을 하던 부부는 안심했다는 듯이 떠나고 트럭 운전사들이 남아 해결방법을 찾기 시작한다. 상황을 한눈에 파악한 그들은, 인사를 나눌 틈도 없이 로프를 내려 캠핑카 뒤에 걸고 당기기 시작한다. 하지만 차는 그조차 거부한다. 눈 속에 얼마나 단단히 박혔는지 로프가 툭 끊어지고 만다. 트럭 운전사 하나가 캠핑카를 이리저리 살펴보더니 앞에서 로프를 걸어야 그나마 가능성이 있다고 진단한다. 하지만 아무리 살펴봐도 전면에는 로프를 걸 곳이 없다. 이리저리 틈을 찾던 트럭 운전사가 끝내는 눈을 파헤쳐가며 차 밑까지 들어가 눕는다. 차 밑에서 찾아볼 모양이다. 전문 구조대가 와도 이렇게까지 할까 싶을 만큼 혼신을 다한다.

트럭 운전사의 노력은 거기에서 그치지 않는다. 자신의 소형 트럭으로 끌어서는 캠핑카가 꼼짝도 하지 않자, 지나가는 대형 트럭을 세우더니 도와달라고 요청한다. 결국 큰 트럭에 로프를 매고 당기자 그제야 터덜터덜 끌려나온다. 설명으로는 금방인 것 같지만, 사고를 당하고 캠핑카를 끌어내는 데 한 시간 반이나 걸렸다. 정신을 차리고 둘러보니 차들이 수십 대 서 있다. 그중에는 도와달라는 요청을 외면하고 큰소리로 투덜거리는 운전사도 있다. 그럴 수밖에 없는 것이, 밤새 먼 길을 달려야 하는 트럭 운전사에게는 10~20분도 귀할 것이다. 더구나 눈이 더 쌓이기 전에 목적지까지 가야 하니 화가 날 만도 하다.

끝까지 남아 차를 끌어내주던 트럭 운전사가 급한 걸음으로 자기 차로

◇◆◇

눈은 계속 내리고 길은 어둠 속으로 자꾸 몸을 숨긴다.
차 안에는 여전히 침묵만 감돈다.
얼른 잠드는 게 추위와 고통을 잊는 방법이다.

내일은 내일이 알아서 끌고 가겠지.

돌아가더니, 인사를 차릴 틈도 없이 떠난다. 큰 소리로 고맙다고 외치니 하얗게 이를 드러내며 웃는다. 대체 저 사람은 어떤 인연으로 우리와 얽혀 아무런 대가도 없이 이런 도움을 주는 것일까. 갈 길이 멀 텐데 시간을 아낌없이 버리고, 맨손으로 눈구덩이를 파헤치면서까지 차 밑으로 들어가고…. 그에 대해서 아는 거라고는 덴마크에 산다는 것, 오늘 밤 스웨덴의 북쪽까지 가야 한다는 것 정도밖에 없다. 깊은 이야기를 나눌 틈도 없었다. 저들이야말로 하늘이 보낸 천사가 아닐까? 어떻게 살아야 할지, 이제야 답을 본 것 같다.

차에 들어와 앉으니 모두 흠뻑 젖어 있다. 한 시간 반 동안 벌어졌던 일이 모두 꿈만 같다. 정말 험난한 여행이다. 셋 모두 말이 없다. 극도로 지친 표정이다. 하는 일도 없이 애만 태운 나까지 온몸에 기운이 하나도 없다. 그래도 우리는 다시 가야 한다. 캠핑장을 찾겠다는 생각은 완전히 접고 노숙을 하는 수밖에 없다. 그래도 길가에 차를 세울 수는 없으니 휴게소라도 찾아야 한다. 눈은 계속 내리고 길은 어둠 속으로 자꾸 몸을 숨긴다. 차 안에는 여전히 침묵만 감돈다.

다시 달린 지 그리 오래지 않아 주유소가 하나 나타난다. 얼마나 반가운지. 대충 차를 세우고 옷을 입은 채 잠자리에 든다. 아침을 굶고 출발해서 아침 겸 점심식사로 먹은 햄버거 하나가 전부지만 저녁식사를 준비할 기운도 먹을 기운도 없다. 얼른 잠드는 게 추위와 고통을 잊는 방법이다. 내일은 내일이 알아서 끌고 가겠지.

핀란드를 달리다
¶

기름을 넣으러 온 손님인 척 주유소에 딸린 편의점 안으로 들어가 볼일을 보고 도둑 세수도 한다. 이를 닦을 수 있다는 것만으로도 얼마나 큰 행복인지. 안락한 일상에 길들여져 뒤늦게 깨닫는 것들이 많다. 어제 하루 종일 먹은 거라고는 햄버거 하나뿐인데, 이상하게 배가 고프지 않다. 드디어 먹는 것에서 자유로워지려나.

오늘은 국경을 넘어 핀란드까지 가야 한다. 캠핑카는 또 끝없이 펼쳐진 설원을 달린다. 눈을 뒤집어쓴 나무들이, 아름다운 흰색의 숲이, 함께 달린다. 노르웨이에서는 오로라만 생각하느라 '노르웨이의 숲'이라는 말을 잊었는데, 여기쯤 오니 '스웨덴의 숲'이라는 말이 떠오른다. 순백, 순백, 순백… 색이란 색이 모두 떠나고 순백만 남은 상태가 가장 아름답다는 사실을 깨닫는다. 사람도 그렇겠구나. 하얗게 빈 경지에 도달할 수만 있다면….

아침 겸 점심으로 으깬 감자와 소시지 하나를 골랐다. 만 하루 만에 먹는 식사지만 생각보다 많이 당기지 않는다. 적당히 먹다가 그릇을 치운다. 낮 12시 16분. 핀란드로 들어가는 국경을 넘었다. 역시 달라진 풍경은 없다. 이곳의 침엽수들은 '징그러울' 정도로 곧게 자란다. 소나무들도 마치 공장에서 생산한 전봇대처럼 곧게 뻗어 있다. 수종 자체가 그런지 기후 때문인지는 알 수가 없다. 이 나라에서는 '굽은 소나무가 선산을 지킨다'라는 말 같은 건 통하지 않을 것 같다. 내 눈엔 미끈하게 뻗은 나무들이 그리 매력적으로 보이지 않는다. 못난 사람은 모두 도태되고 잘난 사람끼리 사는 세상을 보는 것 같다. 허리 굽은 사람도 아픈 사람도 함께 살아가는 세상이 더 따뜻하다.

남쪽으로 내려올수록 일몰이 조금씩 늦어진다. 오후 5시에 가까워졌는데도 아직 환하다. 밤의 나라에서 낮의 나라로 가고 있는 셈이다. 물어물어 캠핑장을 찾았지만, 문을 닫아놓은 지 오래인 듯 적막만 감돈다. 하긴 이 겨울에 누가 관광지도 아닌 이곳까지 와서 캠핑을 하랴. 엄습하는 절망감을 주체하기 어렵다. 노숙을 하면 된다지만 가스도 떨어지고 전기를 쓸 수 없으니 밥을 해 먹을 방법도 없다. 추위는 또 어떻게 견딜까. 절망 때문일까? 그렇게도 걱정하던 몸살 기운이 전신을 훑는다. 이러다가 병이라도 나면 민폐가 되는데. 몰래 약을 꺼내 먹지만 걱정이 이만저만 아니다.

진석과 브노아의 의견이 엇갈린다. 날마다 씻어야 하는 브노아는 괜찮은 주유소를 찾아 화장실과 샤워실을 이용하자는 의견인 반면, 진석은 멀리 갈 거 없이 한적한 곳을 찾아 하룻밤 눈 붙이고 가자는 주장이다. 이럴 때는 선불리 어느 편을 들기보다는 충분히 토론을 할 때까지 기다려주는 게 낫다.

약간의 논쟁 끝에 브노아의 의견대로 일단 고속도로로 나가보기로 했다. 고속도로 휴게소를 찾아야 그나마 좀 나은 노숙이 가능하기 때문이다. 좁은 면적의 시내 주유소에서는 캠핑카를 대놓고 하룻밤 신세 지기가 쉽지 않다. 이렇게 달리면 오로라 존에서는 멀어지게 된다. 그래도 지금은 오로라보다는 생존을 생각해야 한다.

고속도로를 얼마 달리지 않았는데 썩 괜찮아 보이는 주유소가 나타났다. 브노아가 원하는 샤워장은 없지만 다행히 캠핑카에 전기를 공급할 수 있는 전원을 찾았다. 그것만으로도 구세주를 만난 것처럼 반갑다. 사람의 마음이 얼마나 간사한지. 편할 때 같으면 아무것도 아닐 일이 최악을 모면한 것만으로도 이렇게 행복하다니.

지금은, 오로지, 생존을, 생각해야, 한다

핀란드의 남쪽, 헬싱키

¶

'오로라 여행 세 번째 수첩을 고속도로 옆 주유소에서 노숙하며 열다. 2016년 2월 15일' 아침에 일어나 끝까지 쓴 두 번째 수첩을 갈무리하고 세 번째 수첩을 꺼내어 이렇게 메모했다. 여행이 끝날 때까지 몇 권의 수첩을 채울지는 아직 모른다. 세 권에서 끝날 수도 있고 네 권, 다섯 권을 채워서 돌아갈 수도 있다. 그만큼 여행은, 특히 이번 여행은 예측을 불허한다. 기록하는 일은 행복이자 고통이다. 누군가는 내 기록을 통해 행복해질 수 있을 거라는 기대에 보람을 걸어본다.

아침식사용 샌드위치를 만들기 위해 달걀을 부치던 진석이 껄껄 웃으며 식용유 병을 흔든다. 안에서 출렁거려야 할 액체 대신 고체가 덜거덕거린다. 식용유도 얼어붙을 만큼 추웠던 것이다. 핀란드가 세계에서 네 손가락 안에 드는 추운 나라라는 말은 헛소문이 아니었다.

모처럼 하늘이 파랗다. 괜스레 약이 오른다. 진즉에 좀 그렇게 맑았으면 얼마나 좋아. 오로라도 더 많이 보고 사고도 안 나고…. 세상일이 원하는 대로 되지 않는다는 걸 잘 알면서도 괜히 부려보는 투정이다. 오늘의 목적지는 헬싱키. 비록 샌드위치지만 모처럼 아침식사를 했으니 힘차게 출발한다. 크리스마스트리를 닮은 나무들이 피워낸 얼음꽃 위로 찬란한 햇살이 얹힌다. 그리고 눈 위에 반짝거리는 저 숱한 것들. 누가 눈 속에 보석을 숨겼을까. 아니, 겨울 햇살 아래에서는 세상이 통째로 보석이다. 가지려 욕심내지 않으니 더욱 아름답다.

남쪽으로 내려갈수록 눈이 적어진다. 지형이 마치 강원도 산간지역을 지나가는 것 같다. 가는 도중에 숙박 계획을 바꾸기로 한다. 캠핑장에서 머무는 게 한계에 부딪혔다. 캠핑장 정보를 확보하기도 어렵거니와, 힘들게 찾아도 문을 닫은 경우가 대부분이기 때문이다. 일단 캠핑장을 찾아보되 마땅치 않으면 저렴한 숙소를 찾아서 묵기로 했다. 계속 노숙을 할 수도 없는 일이니, 경비는 빡빡하지만 다른 선택이 없다. 원래 계획을 세울 때는 일주일에 한두 번은 호텔에서 묵기로 했었다. 하지만 자금 조달이 목표에 미달했기 때문에 계속 캠핑카에서 생활할 수밖에 없었다.

오후 3시경 핀란드의 수도인 헬싱키에 도착했다. 지금까지 거쳐온 북유럽의 도시들과는 확연이 다른 느낌의 도시다. 첫인상은 마음 탓인지 조금 을씨년스러워 보였다. 특별한 이유는 없다. 기온이 그리 낮지 않은데도 온몸으로 다가오는 느낌이 그렇다. 사람들의 체구도 노르웨이와 스웨덴보다 작은 편이다. 헬싱키는 핀란드의 가장 남쪽 바다에 면해 있다. 3면이 바다로 둘러싸인 항구도시로, 핀란드 만에 돌출한 작은 곶과 주변의 섬들로 이뤄져 있다.

지친 마음 탓일까.
헬싱키의 첫인상이 어딘지 쓸쓸하고 스산해 보였다.

모처럼 인파 속에 섞이니
안도감이 들었다.

오늘은 헬싱키에서 하루 묵고 내일 아침에 배편으로 발트 3국 중 하나인 에스토니아로 간다. 일몰 시간이 많이 늦어졌다고는 하지만 오후 5시 무렵이 되니 해가 서쪽 하늘에 걸린다. 진석이 예약해둔 도로변의 자그마한 호텔을 찾아간다. 이름이 호텔이지 한국의 모텔보다 규모가 작다. 도미토리처럼 공동 화장실과 공동 샤워실을 쓴다. 방 안의 집기도 아주 단출하다. 침대와 옷장, 작은 소파, 탁자가 전부다. 그러면 어떠랴. 얼마 만에 춥지 않게 자는 것인데. 이 정도면 과한 호강이다.

브노아와 함께 밤 산책에 나선다. 아침에 떠나야 하니 지금 아니면 헬싱키를 제대로 보고 갈 틈이 없다. 번화가가 아니라 그런지, 이곳 역시 사람들이 일찍 잠들기 때문인지 거리가 조용하다. 버스도 거의 없고 트램만 부지런히 오간다. 관광 시즌이 아닌 것도 조용한 이유 가운데 하나일 것이다. 게다가 헬싱키 인구는 60만 명에도 못 미친다.

구시가지의 건물들은 높지 않고 고풍스럽다. 맨 먼저 마주친 것은 언덕 위에 우뚝 서 있는 우스펜스키Uspenski 성당. 동방정교회 성당인 이곳은 핀란드가 러시아의 지배를 받던 1868년에 지었다. 조명 속에 서 있는 성당 건물이 성채처럼 우람하고 위엄 있게 보인다.

번화가 쪽으로 가도 거리를 오가는 사람들은 많지 않다. 기념품 가게도 문을 닫았다. 시내 한가운데 언덕 위에 서서 위용을 자랑하는 하얀 건물은 루터란Lutheran 대성당. 모르는 사람의 눈에는 국회의사당쯤으로 보인다. 헬싱키 대성당이라고도 부르는 이곳은 핀란드 루터파 교회의 총본산이다. 대성당 앞에서 사진을 몇 장 찍고 다시 걷는다. 그나마 분주한 곳은 헬싱키 중앙역이다. 모처럼 인파 속에 섞이니 안도감이 든다. 마치 먼 곳이라도 가는 것처럼 기차 탑승장까지 들어가 두루두루 구경한다.

우스펜스키 성당

루터란 대성당

역에서 나와 다시 헬싱키 시내 탐험에 나선다. 국립극장은 작고 조용하다. 한국 예술의 전당이나 세종문화회관의 위용과 번잡을 생각하며 고개를 갸웃거린다. 헬싱키는 짧으면 서너 시간, 길면 한나절이면 걸어서 돌아볼 수 있을 것 같다. 사실 목적지를 향해 끝없이 달리는 여행보다는 이렇게 느린 걸음으로 이곳저곳 기웃거리는 여행이 좋다.

웬만큼 걷고 나니 다리도 아프고 배가 고프다.

"브노아, 배고프다. 우리 저녁 먹고 가요. 뭐 먹고 싶어요?"

"브노아는 인도 음식 좋아요. 네팔 음식도 좋아하고…."

"그래? 그것도 괜찮겠는걸. 한번 찾아봅시다."

한국 음식을 먹고 싶지만, 이 작은 도시에 한국 음식점이 있을 것 같지는 않다. 설령 있다고 해도 찾아다닐 정도의 정열은 남아 있지 않다. 헬싱키는 항구 도시이기 때문에 해산물 요리로 잘 알려져 있다. 그중에서도 청어는 헬싱키의 특산품이다. 하지만 유명하다는 헬싱키 시장광장은 문을 닫았을 것 같아 포기하고, 브노아가 원하는 인도나 네팔 음식점을 찾아보기로 한다.

두드리면 열린다고 했던가? 마침 가까운 국립극장 근처에서 네팔 음식점을 발견했다. 작고 침침한 실내에는 몇몇 사람들이 늦은 저녁식사를 하고 있었다. 스프와 빵과 밥으로 구성된 음식은 무척 짜다. 아마 북유럽 특유의 짜게 먹는 입맛에 맞춘 것 같다. 하지만 브노아는 이 정도면 보통이라며 맛있게 먹는다. 유럽 사람의 입맛에 맞춘 음식은 한국인이 먹기에는 좀 짠 편이다. 브노아가 열심히 달밧Dalbat을 먹는 동안 나는 맥주를 마시면서 두런두런 이야기를 나눈다.

"준, 이번 여행 괜찮아요?"

"이곳저곳 가볼 수 있어서 좋아요. 그런데 나이를 먹어서 그런지 이렇게 날마다 달리는 건 좀 힘드네요."

"에이, 브노아 주치의가 80살 전에는 늙었다고 하면 안 된다고 했어요. 80살 되려면 아직 멀었으니까 준은 젊은이고 브노아는 베이비예요."

"이거 좋은 말이지요? 젊은이라니 기분 나쁘지는 않네."

"이런 여행은 브노아도 힘들어요. 길을 가다 작은 마을에 들러서 구경도 하고, 거기서 묵기도 하고, 천천히 다니는 여행이 좋아요."

"그러게. 누가 아니래? 그런데 우리는 그럴 형편이 아니니…."

둘이 한 시간 넘게 수다를 떨다 보니 밤이 꽤 깊었다. 이젠 가서 쉬어야지. 따뜻한 곳에서 잘 수 있다는 생각에 숙소로 가는 발걸음이 가볍다. 내게 배정된 방으로 들어가려는데 브노아가 부른다.

"내일 아침 헬싱키 한 바퀴 어때요?"

"그럴까? 오케이! 여덟 시 반쯤 만나요."

나는 안다. 이것 역시 브노아가 내게 베푸는 배려다. 조금이라도 더 보고 느끼게 하고 기록할 거리를 마련해주고 싶어하는 마음…. 아무리 피곤해도 성의를 뿌리칠 수는 없지.

배를 타고 발트 3국을 지나다

¶

밤새 뒤척거렸다. 대체 이게 무슨 사태인가? 그 추운 캠핑카에서도 잘 잤는데, 편한 침대에서 잠을 못 이루다니. 더구나 잠자리에 들기 전에 따뜻한 물로 샤워까지 했는데. 원양 어선을 타는 사람들이 육지 멀미를 한다더니, 나는 편한 잠자리 멀미를 한 모양이다. 보름 이상 캠핑카에서 생활한 후유증으로 안락한 침대가 낯설어진 것이다.

아침 8시 30분. 브노아가 문을 두드린다. 아침 산책을 가자는 것이다. 카메라를 챙겨 들고 따라나선다. 아침의 도시 풍경을 훔치러 간다. 코스는 어젯밤과 비슷하게 잡았지만 분위기는 완전히 다르다. 우선 사람들이 훨씬 많다. 출근 시간에 늦어 뛰어가는 모습은 어디를 가나 다르지 않다. 핫도그 트럭도 나오고 노점을 준비하는 할머니들도 부지런히 하루를 준비한다.

유럽의 겨울은 햇빛이 쏟아지는가 싶다가도 이내 어둠이 쏟아진다.

시민들은 대개 검은 색 계열의 옷을 입었다. 아직 겨울이라고는 하지만 조금 음울해 보인다. 브노아가 거침없이 항구 옆 큰 건물의 문을 밀고 들어가길래 따라가 봤더니 거대한 실내시장이다.

아! 말로만 듣던 헬싱키의 명소 카우파토리 시장광장Kauppatori Market Sguare이다. 대체 브노아는 이런 곳을 어떻게 귀신처럼 찾아내는 것일까. 그야말로 천부적인 여행자다. 길을 물을 때도, 낯선 장소를 찾아 들어갈 때도 전혀 망설이지 않는다. 체코 프라하에서는 엄숙하게 예배를 보는 교회에 불쑥 들어가는 바람에, 멋모르고 따라 들어갔다가 얼굴이 뜨거워지는 체험을 하기도 했다.

18세기부터 형성되기 시작한 카우파토리는 배에서 금방 가져온 생선이나 도시 인근에서 재배한 신선한 농산물이 주로 거래된다. 매일 오전 6시 30분부터 오후 2시까지 열리는데, 연어 등 각종 해산물 외에도 시민들이나 관광객들이 식사를 할 수 있는 스프 · 빵 · 주스 · 커피 등을 판다. 벌써 많은 사람들이 자리를 차지하고 앉아서 식사를 하거나 차를 마시고 있다. 우리도 이곳에서 아침식사를 하기로 했다. 빵과 음료만 시켜 간단하게 허기를 메운다.

카우파토리에서 나온 뒤 산책 코스는 어제와 크게 다르지 않다. 하늘에 장막이 걷히니 햇볕이 거침없이 쏟아진다. 모처럼 보는 햇볕이 그 아래에서 뒹굴고 싶도록 사랑스럽다. 시내를 한 바퀴 돈 다음 호텔로 돌아가 체크아웃을 하고 항구로 향한다. 배가 출발하는 시간은 오후 3시 30분이지만 캠핑카를 선적하려면 조금 일찍부터 준비하는 게 좋다. 일단 차를 주차해 놓고 부두에서 시간을 보낸다. 점심을 먹고도 한참 기다린 뒤에야 배에 오른다.

드디어,

출항이다.

이번 여행에서 배를 타는 것은 처음이다. 숱한 트럭과 사람, 온갖 짐을 실은 이 쇳덩이가 물에 뜨다니. 나는 아직도 비행기와 배가 뜨는 게 신기하다. 여객선의 규모는 엄청나게 크다. 총 9층으로 돼 있는 거대한 호텔이다. 한 바퀴 돌아보니 없는 게 없다. 식당 · 카페 · 카지노 · 술집 · 공연장…. 지금까지 타본 중에서 가장 큰 배다. 그 거대한 선체가 바다를 저어 앞으로 쑥쑥 나간다. 푸른 바닷물이 허연 거품을 물고 달음질치고 작은 섬들이 자꾸 뒷걸음질을 친다. 하늘을 더듬던 해가 서서히 서쪽으로 기울기 시작한다.

가만히 앉아 있기에는 좀이 쑤실 만큼 배 안이 화려하다. 호기심 가득한 눈으로 여기저기 돌아다닌다. 촌놈 소리 좀 들으면 어때. 승객들은 여유 있는 표정으로 술을 마시거나 음식을 먹으며 일상처럼 시간을 보낸다. 바다가 느리게 꿈틀댄다. 단순히 파도라고 하기에는 무언가 표현이 부족해 보이는 몸부림이다. 가만히 귀를 기울이면 해저 깊은 곳에서 솟아오르는 시원의 함성이 들릴 것 같다. 따라오다 멀어지기를 반복하던 섬들도 흐리게 자취를 감추고 난 뒤 망망대해가 펼쳐진다.

해가 부풀어 오르면서 추락에 가속이 붙기 시작한다. 바다 한가운데서 보는 일몰은 더욱 장엄하다. 해가 아니라 세상이 통째로 지는 것 같다. 원래 태양은 바다의 소유였구나. 아니면 한 몸이었을 수도 있겠다. 바다가 아니면 세상 그 무엇이 저 불덩이를 삼킬까. 수평선 속으로 풍덩 잠기는 장엄이라니. 불을 품은 바다는 곧 벌겋게 들끓으리라.

헬싱키에서 에스토니아의 수도 탈린Tallinn까지는 약 80km. 바다를 달려온 여객선은 오후 5시에 탈린 항에 닻을 내린다. 밤이라 항구 풍경은 확인할 수 없다. 보이지는 않아도 낯선 도시에는 늘 설렘을 잉태한 바람이 분다. 이곳에는 무엇이 기다리고 있을까. 탈린은 발트 해 핀란드 만 연안의 항만도시다. 1991년 에스토니아가 러시아로부터 독립한 이후 북유럽 최고 관광도시로 떠오른 탈린은 발트 해의 진주, 발트 해의 순결한 보석, 발트 해의 자존심 등으로 불린다. TV 프로그램에 방영되면서 한국에서도 인기 여행지로 부상했다. 하루라도 묵으며 보고 가고 싶지만 쉽지 않을 것 같다. 지금은 탈린을 탐색하기보다는 캠핑장을 찾는 게 급선무다. 배에서 내려 캠핑카로 옮겨 탄 뒤 길을 재촉한다.

도심에서 캠핑장을 찾긴 찾았지만 다른 도시와 마찬가지로 겨울 동안 폐쇄했다고 한다. 외곽으로 빠져나가서 문을 연 캠핑장을 찾았지만 이곳 역시 물도 화장실도 쓸 수 없다. 그나마 전기를 연결해서 쓸 수 있다니 최악은 아니다. 분명 핀란드를 벗어나서 남쪽으로 내려왔는데 기온이 더 떨어졌다. 얼마나 추운지 캠핑카 아래에 붙어 있는 배관 파이프가 얼어서 부러져버렸다. 컵을 씻은 물이 줄줄 새더니 금방 얼어붙는다. 러시아가 바로 옆이기 때문에 이렇게 추운 걸까? 발트 3국으로 불리는 에스토니아·라트비아·리투아니아는 1991년까지는 러시아 연방 소속이었다.

물이 없으니 간단하게 저녁을 때우고 잠자리에 든다. 샤워나 세수는커녕 양치도 못하고 자는 날은 언제나 끝나려나. 탈린의 밤 풍경을 보려던 계획도 취소하고 일찌감치 잠자리에 든다.

폴란드에서 하룻밤

¶

아침에 확인해보니 우리가 잔 곳은 바닷가였다. 말이 캠핑장이지 호화 요트 정박장이라고 하는 게 더 어울릴 것 같다. 여기저기 상처투성이에다가 진흙탕에서 꺼낸 듯 때가 묻은 캠핑카가 요트들 사이에서 무척 초라해 보였다. 그래도 세상은 여전히 아름답다. 추위 속에서 피어오른 미명이 조금씩 어둠을 밀어내면서 새로운 아침이 열린다. 사진 몇 장 찍는데 금세 손이 꽁꽁 얼어붙는다. 조금 더 남쪽으로 내려가야 안심이 될 것 같다. 오늘 일정 역시 900km 정도 달려야 하는 강행군이다. 탈린을 출발해서 라트비아 · 리투아니아를 거쳐 폴란드 바르샤바까지 갈 계획이다. 거긴 좀 따뜻하겠지?

간단하게 아침을 때우고 출발, 탈린 시내를 지난다. 에스토니아의 수도라고는 하지만 탈린은 크지 않은 도시다. 인구가 40만 명에도 못 미친다고 한다. 이른 아침의 풍경은 좀 무거워 보인다. 짙은 계열의 옷으로 몸을 두껍게 감싼 사람들이 잔뜩 움츠리고 걸어간다.

교외로 빠져나오면서 황량한 들판이 계속 펼쳐진다. 소나무·전나무·자작나무들이 빽빽하게 우거진 숲도 자주 눈에 띄지만, 그 역시 산이라기보다는 들판에 가깝다. 평지를 조금 나눠 사람들이 밭을 일구고 나머지 공간을 나무들이 빌려 한 생을 기대고 있을 뿐이다. 즉, 나무가 있으면 산이고 없으면 밭이라고 보면 된다. 에스토니아도 도시 집중화 현상이 심각하다고 한다. 한국의 60~70년대가 그랬듯이 도시로 몰려드는 모양이다. 이 넓고 비옥한 땅을 두고 왜 도시로 갈까. 역시 먹고사는 문제 때문이겠지.

오전 11시 31분. 라트비아로 들어선다. 비가 내리기 시작한다. 오랜만에 보는 비다. 그동안 하늘에서 내려오는 건 무조건 눈이었다. 라트비아 풍경은 에스토니아보다 훨씬 따뜻해 보인다. 벌써 봄 농사를 준비하느라 밭에 나와 있는 사람들도 있다. '인형의 집'처럼 작은 집들이 숲속에 숨어 있다가 불쑥불쑥 나타난다. 흙집도 보이고 돌집도 보인다. 마음이 편안해지는 풍경이다. 농가들이 어찌 이렇게 하나같이 예쁜지. 늘 그렇듯, 사는 것과 보는 것은 다르다. 저들이라고 어찌 고통이 없으며 삶의 무게에 허리가 휘지 않으랴. 파란 밀밭이 펼쳐지기 시작한다. 밭둑에도 푸릇푸릇한 풀들이 키를 재고 있다. 금방이라도 달래 냉이 씀바귀가 싹을 밀어 올릴 것 같다.

휴게소에서 점심을 먹는데 음식 값이 싼 편이다. 비프스테이크가 10유로. 한국 돈으로는 13,000원 정도니 북유럽에 비하면 무척 싸다. 양이 너무 많아 반은 남겼다. 아까워라. 내일이면 후회할지도 모르는데. 이곳 사람들은 영어를 잘 못한다. 주유소나 슈퍼마켓에 가도 오로지 손짓 발짓으로 소통이 가능하다. 직원에게 아는 영어가 뭐냐고 물어보니 "땡큐"란다.

오랜만에 보는 들판이다.

눈이 쌓이지 않은 흙과 집들,

마음이 편안해지는 풍경들…

아무리 꾀죄죄한 몰골 때문이라고 해도 두 번이나 겪은 불쾌한 검문에
유럽 경찰에 대한 기억이 그다지 유쾌하지는 않았다.

라트비아에서 리투아니아로 넘어가는 국경에서는 예상 외로 검문이 철저했다. 경찰관이 신발을 신은 채 캠핑카로 들어오더니 침대며 옷장, 화장실까지 뒤진다. 차 번호를 적고 여권을 달라고 해서 들고 가더니 한참 동안 소식이 없다. 마치 녹화 테이프라도 돌려서 보는 듯, 덴마크에서 스웨덴으로 갈 때와 똑같은 상황이 벌어진 것이다. 우리 일행이 범죄자처럼 생겼나? 아무리 수염도 못 깎고 제대로 씻지도 못해 꾀죄죄하다지만 이건 좀 심하다. 30분도 더 지난 뒤에야 여권을 가져오더니 아무 말 없이 건네주고 돌아서 간다. 유럽의 경찰들은 오래 기다리게 해서 미안하다는 말은 할 줄 모르나 보다. 우리의 잃어버린 시간은 어디 가서 찾지?

오늘도 너무 늦었다. 오후 9시 가까이 돼서야 폴란드 국경에 들어섰다. 어둠 속이라 아무것도 볼 수 없지만 감회는 남다르다. 폴란드라는 단어와 김광균의 「추일서정秋日抒情」이라는 시가 동시에 떠오른다. '낙엽은 폴란드 망명정부의 지폐/ 포화砲火에 이지러진/ 도룬 시의 가을 하늘을 생각케 한다'라는 시를 가슴에 품을 때만 해도 폴란드는 얼마나 먼 나라였던가. 내가 여기까지 오리라고는 생각도 못 했는데….

산과 작은 도시를 교대로 지나는 동안 밤은 깊어간다. 계획은 바르샤바까지 가는 것이었지만 너무 늦어서 포기할 수밖에 없다. 운하로 유명한 아우구스투프Augustów라는 작은 도시에 차를 멈춘다. 오늘도 노숙이다. 캠핑카 위로 떨어지는 빗소리를 자장가 삼아 잠을 청한다.

유럽의 심장으로 가다

¶

아침 7시 30분, 폴란드의 아우구스투프를 출발했다. '백조가 노닐고 물고기가 헤엄칠 정도로 깨끗하다'고 소문난 이 도시의 운하를 보고 가고 싶지만 역시 시간이 문제다. 이렇게 쫓기는 여행은 불편하다. 여기저기 떠돌다 마음에 드는 곳이 있으면 며칠씩이라도 머물다 가는 여행을 하고 싶다. 그러려면 프로젝트가 아닌 내 자신의 여행을 해야 한다. 언젠가 그런 날이 오겠지.

여전히 비가 내린다. 가만히 돌아보면, 여행 내내 눈 아니면 비에 대한 이야기로 하루를 시작한 것 같다. 어느 땐 빗방울이 쇳덩이보다 더 무거워 보일 때도 있었다. 그게 불행이든 행복이든 현실 그 자체였다. 대신 어딘가에는 볕이 들고 있겠지. 아직 어둠을 머금고 있는 폴란드 변방의 2차선 도로를 달린다. 도로에는 차가 거의 없다.

엷은 빛을 통해 보는 폴란드의 풍경은 발트 3국과 많은 차이가 난다. 침엽수 대신 활엽수가 많아진 것은 남쪽으로 왔으니 그러려니 하지만, 풍경이 좀 더 아기자기해진 느낌이다. 너른 들판 사이로 시의 한 구절처럼 '실개천이 지즐대며' 흘러간다. 어릴 적 고향의 풍경이 겹친다. 집들은 나무에 기대고 나무는 집들을 의지 삼아 키를 키운다.

캠핑카가 평화 속에 고요하게 가라앉은 마을을 통과한다. 어김없이 마을 안쪽에 묘지가 있다. 재잘거리며 학교에 가는 아이들과 침묵 속에 비를 맞고 있는 묘지들이 묘하게 대비가 된다. 생과 사를 상징한다고나 할까? 이곳의 농부들도 들판에 꼭 나무 한두 그루씩은 남긴다. 베어내고 캐낼 수도 있으련만. 쉼표를 찍듯, 한 호흡을 끝내 남겨놓는 마음을 읽는다.

느닷없이 기온이 떨어졌는지 비가 진눈깨비로 바뀐다. 오늘은 체코와 슬로바키아를 거쳐 헝가리까지 가야 한다. 결국 하루 종일 차에서 지낼 수밖에 없다. 오후 4시 31분, 국경을 넘어 체코의 영토로 들어선다. 진눈깨비는 결국 눈으로 바뀌었다. 파란 밀밭 위를 덮은 눈이 묘한 풍경을 연출한다. 겨울과 봄 사이에 서성이고 있는 느낌이랄까. 날이 조금씩 어두워지고 있다.

체코로 들어서니 갑자기 궁금해진다. 체코와 슬로바키아는 언제 헤어졌을까? 세상 돌아가는 공부를 게을리한 탓이다. 내가 학교에 다닐 때는 분명 체코슬로바키아로 배웠는데 지금은 체코와 슬로바키아로 나눠져 있다. 검색해보니 1993년 1월 1일 두 개의 공화국으로 분리되었다고 한다. 아마 전쟁을 하지 않고 평화적으로 분리되었기 때문에 기억에 남지 않았을 것이다. 과정이야 어쨌든 이제는 기록에만 남은 나라 이름이 되었다.

밤은 길 위에도 어김없이 찾아온다. 오후 7시쯤 체코와 슬로바키아 사이의 국경을 넘은 뒤 8시 20분에는 헝가리로 들어선다. 오늘의 목적지인 부다페스트에 도착한 시간은 밤 10시 20분. 무려 열다섯 시간을 주행했다. 차도 사람도 천리를 쉬지 않고 달려온 말처럼 지쳤다. 브노아의 초인적인 힘이 아니었으면 도저히 하루에 올 수 없는 거리였다.

행복하게도 오늘은 호텔이 예약돼 있다. 부다페스트에서 일하는 진석의 지인이 방을 잡아놨다고 한다. 캠핑장을 찾아 헤매지 않는 것만으로도 얼마나 행복한지. 11시쯤 체크인해서 소주를 한잔 마시고 잠자리에 든다. 오늘 밤에는 편히 잘 수 있기를.

파란 밀밭 위를 덮은 눈이 묘한 풍경을 연출한다.
겨울과 봄 사이에 서성이고 있는 느낌이랄까.

날이 조금씩 어두워지고 있다.

밤은 길 위에도 어김없이 찾아온다.

도나우 강, 그리고 세체니 다리

¶

부다페스트야말로 언젠가는 꼭 찾아보겠다고 벼르던 도시다. 그리움은 상상 속에서 끝없이 몸집을 불렸다. 한국 최초의 소프라노 윤심덕이 부른 〈사의 찬미〉와 그 원곡인 이바노비치의 왈츠 〈도나우 강의 잔물결〉, 요한 스트라우스 2세의 〈아름답고 푸른 도나우 강〉 등의 음악, 1956년 헝가리 혁명을 그린 김춘수의 시 「부다페스트에서의 소녀의 죽음」. 그리고 장면이 하나씩 내 안에 새겨진 영화 〈글루미 선데이Gloomy Sunday〉. 내 기억의 공간을 이 정도 차지하고 있으니 그리워하기에 충분하지 않을까.

영화 〈글루미 선데이〉의 도입부에는 전직 나치스 친위대 장교인 한스가 아내에게 부다페스트를 보여주겠다고 50년 동안 약속했다는 장면이 나오지만, 나는 오래전 스스로에게 부다페스트를 보여주겠다고 약속했었나.

부다페스트를 생각하면 <글루미 선데이>의
아름답고도 가슴 저미는 선율이 내 안에서
강물처럼 흐르고는 했다.

도나우 강의 상징 세체니 다리

부다페스트가 지금 눈앞에 펼쳐져 있다. 일찌감치 아침을 챙겨 먹고 브노아와 함께 길을 나선다. 언제 추위에 떨었나 싶게 기온은 온화하다. 하늘은 또 얼마나 맑은지 '글루미 선데이'는 어디 가고 태양이 빛나는 토요일만 곁에 있다. 헝가리의 수도 부다페스트는 중유럽 최대의 도시이다. 시내 한가운데를 흐르는 도나우 강의 서편은 '부다', 동편은 '페스트'로 나뉘어 있었는데 1873년 두 곳이 합쳐지면서 지금의 부다페스트가 됐다.

택시에서 내려 길 하나를 건너니 유유히 흐르는 강물이 안길 듯 다가선다. 도나우 강이다. 음악처럼 '아름답고 푸른' 강물은 아니지만 오래 숙성된 그리움이 도도하게 흐른다. 도나우 강을 가로지르는 다리 중에 가장 유명한 것이 '세체니 다리'다. 밤이면 어둠을 밝히는 전구들이 사슬처럼 보인다 하여 '체인 브리지'라고도 부른다. 이 다리는 부다페스트를 흐르는 도나우 강에 놓인 최초의 다리다. 유럽에서 가장 아름다운 산업 건축물 가운데 하나로 손꼽힌다. 한국 드라마 〈아이리스〉를 촬영한 곳으로 알려지면서 부다페스트를 찾는 한국인들이 반드시 들르는 코스가 되었다.

다리는 차도와 인도로 구분을 해놓아서 안전하게 오갈 수 있다. 다리 위를 천천히 걷는다. 초입에 있는 사자상은 혀가 없다. 여기에는 전설 같은 이야기가 있다. 다리에는 모두 네 마리의 사자상이 있는데, 준공식을 하던 날 한 아이가 "사자 입에 혀가 없잖아!"라며 고함을 질렀다고 한다. 아이의 말에 자존심이 상한 조각가는 그만 그 자리에서 도나우 강에 뛰어들어 자살하고 말았다고 한다. 이야기가 입을 타고 전해지면서 후대에 면밀하게 조사를 해봤더니, 그 조각가는 도나우 강에 몸을 던진 적이 없었으며 행복하게 여생을 마감했다고 한다. 유명세를 치른 셈이다. 일단 도나우 강과 세체니 다리에 대한 갈증을 풀었으니, 본격적으로 페스트 탐험에 나선다.

부다페스트의 동쪽
¶

오늘은 보는 것보다는 천천히 걷는 재미를 즐길 계획이다. 페스트의 거리에 부는 바람은 온화하고 부드럽다. 김춘수의 시 「부다페스트에서의 소녀의 죽음」은 아득한 전설처럼 멀다. 건물들이 하나같이 고풍스러워서 무엇이 문화재고 일반 건물인지 구분하기 어렵다. 하긴 그런 구분이 중요할 건 없다. 무엇을 보았노라고 자랑할 생각이 아니라, 오랜 시간을 품고 있는 도시를 걸었다는 이야기를 하고 싶은 것이니까. 브노아는 사진 찍기에 빠져 있다. 그는 사람을 찍고 나는 시간을 찍는다.

맨 먼저 만난 명소는 국회의사당. 하얀 건물이 한눈에도 사람을 압도하는 위용을 자랑한다. 영국 국회의사당에 이어 세계에서 두 번째로 규모가 큰 의사당이라고 한다. 도나우 강과 절묘한 조화를 이루는 국회의사당은

도나우 강과 절묘한 조화를 이루는 부다페스트 국회의사당의 야경

아름다운 야경으로 유명하다. 김춘수의 시 배경이 바로 국회의사당 앞 코슈트kossuth 광장이다. 피를 흘려 얻은 자유에 부끄럽지 않도록 끝까지 국민을 위한 곳이기를. 꼼짝도 안 하고 서 있는 위병들의 표정이 건물만큼이나 근엄하다.

국회의사당에서 나와서 두 번째 들른 곳은 성 이슈트반St. Istvan 대성당. 부다페스트에서 가장 규모가 큰 로마네스크 양식의 성당이다. 성당 안에는 헝가리 최초의 왕인 성 이슈트반의 오른손이 보존되어 있다고 한다. 관광객이 이 성당을 찾는 이유는 무엇보다 높이 96m의 첨탑 때문이다. 이곳에 올라가면 부다페스트를 한눈에 볼 수 있다고 한다. 하지만 나는 구경을 하기 위해 줄 서는 것을 끔찍하게 싫어한다. '부다페스트 전경은 부다 성에 올라가면 볼 텐데 뭐', 줄을 서서 첨탑까지 올라가지 않기 위한 핑계를 열 가지쯤 대면서 돌아서 나온다.

젊은이들이 삼삼오오 카페에 앉아 이야기를 나누는 표정이 무척 밝아 보인다. 〈글루미 선데이〉가 품은 우울한 분위기는 어디에도 없다. 독일군은 아득한 옛날에 떠났고, 음울 속으로 그들의 시간을 매몰시키기에는 젊음이 너무 푸르다.

역시 못 말리는 브노아다. 커피를 한 잔 사오겠다며 카페로 들어가더니, 시간이 한참 지나도 나오지 않는다. 하릴없이 사진이나 찍고 있는데 문을 열고 손짓을 한다. 들어가 보니 역시 수다 삼매경에 빠져 있다. 브노아가 커피를 사러 들어간 곳은 이탈리아 식당. 주인아저씨와 피자 굽는 이야기로 시간 가는 줄 모른다. 내 눈총에 못 이겨 끌려나오면서도 점심때 다시 오겠다고 철석같이 약속한다.

헝가리 국립 오페라 극장에 잠시 들렀다가 영웅광장 쪽으로 계속 걷는다. 길에서 산 군밤을 하나씩 까먹던 브노아가 느닷없이 묻는다.

"준! 우리 할머니가 교훈을 하나 남겼는데 뭔지 알아요?"

"교훈? 뭔데?"

"90%만 정직하라는 거예요. 100% 정직하면 바보가 된다는 거예요."

"그럼 나머지 10%는 어떻게 하면 되지?"

"그건 본인이 알아서…."

그게 시작이었다. 여행 내내 브노아는 나머지 10%, 즉 '알아서 사는 법'을 내게 부지런히 전수해줬다. 도로를 무단횡단 해도, 버스를 공짜로 타도 할머니의 유훈인 10% 안에서 하는 일이니 용서가 됐다. 나 역시 바보가 되지 않으려면 부지런히 따라 하는 수밖에 없었다. 그와의 여행이 재미있었던 이유이기도 하다.

영웅광장으로 가는 길은 무척 넓다. 브노아는 계속해서 사람을 찍고 나는 오래된 시간을 찍으며 천천히 걷는다. 길 양쪽으로 고풍스러운 집들과 오래된 가로수가 조화롭게 늘어서 있다. 이곳이 바로 '안드라시 거리'다. 안드라시 거리는 영웅광장까지 일직선으로 뻗은 2.3km의 대로를 말하는데, '헝가리의 샹젤리제'라는 별명답게 부다페스트 최고의 번화가다. 각국 대사관들도 이 거리에 많이 자리 잡고 있다. 브노아가 손가락으로 가리키는 곳을 바라보니 번듯한 2층집 마당에 태극기가 펄럭거린다. 한눈에 한국대사관이라는 것을 알 수 있다. 걸음을 멈추고 한참 동안 바라본다. 낯선 나라에서 보는 태극기는 여전히 가슴을 설레게 한다.

안드라시 거리의 끝에서 영웅광장으로 직접 건너가는 건널목이 보이지 않는다. 광장의 양 측면에 위치한 '서양미술관'이나 '현대미술관' 쪽으로 건넌 뒤 다시 좁은 도로 하나를 건너야 하는 구조다. 여기서도 '브노아의

안드라시 거리의 끝에서 바라본 영웅광장

10% 원칙', 즉 알아서 사는 법은 유감없이 발휘된다. 차들이 뜸한 틈에 성큼성큼 뛰어서 큰길을 건넌다. 나도 종종걸음으로 따라 건넌다.

광장에 들어서자마자 익숙한 말들이 귀에 꽂힌다.

"얼른 와, 빨리 와서 사진 찍자니까!"

내 고국의 말이었다. 아이들과 함께 온 한국인들이 모여서 사진부터 찍느라 정신이 없다. 내가 늘 하는 말이지만 관광을 간 사람들은 사진부터 찍고, 여행을 간 사람들은 찬찬히 살펴보고 시간이 전하는 이야기에 귀를 기울인다. 또 관광을 간 사람은 자기 얼굴이 나오는 사진을 찍고, 여행을 간 사람들은 여행지의 사진을 찍는다.

영웅광장은 헝가리 역사의 위대한 인물들을 기리기 위해 조성한 광장이다. 건국 1,000년을 기념하기 위해 1896년에 지었다. 이곳은 부다페스트를 찾은 관광객이 반드시 들러 가는 곳 중 하나다. 광장 중앙에 서 있는 36m 높이의 밀레니엄 기념탑 꼭대기에는 '가브리엘 대천사'의 조각상이 있고, 탑 아래에는 마자르의 7개 부족장들의 기마상이 있다. 반원형으로 배열된 기둥들 사이로는 14명의 청동 입상이 서 있는데 이들이 바로 헝가리의 영웅들이다.

날씨가 청명해서인지 관광객이 많다. 광장은 시민공원으로 이어진다. 봄부터 가을까지는 호수였을 곳이 스케이트장으로 변신했다. 재미있는 건 스케이트장이 어린이나 젊은이들의 전유물이 아니라는 것. 특히 노인들이 많았다. 신나게 춤을 추며 트랙을 도는 노인도 있다. 할머니 앞에서 멋진 자세로 폼을 잡는 할아버지를 보니 절로 웃음이 나온다. 평생 일한 이들의 노후가 저런 모습이어야 하는데. 이 도시 점점 마음에 든다.

돌아가는 길에는 지하철을 탄다. 영웅광장 바로 앞에 1호선(M1 라인) 지하철역이 있다. 1호선은 노란색이 상징이다. 1896년에 운행을 시작한 부다페스트 지하철 1호선은 런던에 이어 유럽에서 두 번째 개통한 기록을 갖고 있다. 영국이 섬나라이니 유럽 대륙으로 보면 첫 번째 지하철이다. 지하철로는 세계 최초로 유네스코 세계문화유산에 등재됐다. 110년의 시간이 배인 역사驛舍는 고색창연하다. 오페라 극장까지는 일곱 정거장, 금방 도착한다. 내려서 다시 걷는다.

"우리 할머니가 교훈을 하나 남겼는데 뭔지 알아요?"
"90%만 정직하라는 거예요.
100% 정직하면 바보가 된다는 거예요."

그 슬픈 이름, 글루미 선데이

¶

오전에 브노아가 들렀던 집에서 피자로 점심을 먹고 다시 세체니 다리로 간다. 다리를 건너 부다페스트의 서쪽 지역, 즉 부다를 돌아볼 계획이다. 브노아가 이곳저곳 사진을 찍는 사이 세체니 다리 난간에 기대 유유히 흐르는 도나우 강물을 바라본다. 자연스럽게 영화 〈글루미 선데이〉의 주인공들이 떠오른다. 일로나, 자보, 안드리스, 한스… 그들도 이 다리에 서 있었을 것이다. 사랑을 이루지 못한 청년 한스는 지금 내가 있는 이곳에서 도나우 강으로 몸을 던졌다. 자보는 그를 구했지만, 끝내 배신당해 죽고 만다. 선의가 반드시 선의의 결과로 돌아오지 않는다는 사실이 서글프다. 이 영화의 배경에는 1930년대 헝가리 작곡가 레조 세레스Rizso Seress가 작곡한 음악 〈글루미 선데이〉가 있다. 알려진 대로 이 곡은 악명이 높았다. 이 음악을 듣고 숱한 사람들이 자살했다

고 해서 '자살 찬가' 혹은 '자살의 송가'라는 이름이 붙었다. 전파를 탄 지 8주 만에 187명이 자살했다고 한다. 정점은 이 곡을 작곡한 레조 세레스가 찍었다. 1968년 1월 7일, 그 역시 자살했다.

〈글루미 선데이〉의 선율이 귓전을 맴돈다. 이러다 나도 물에 뛰어들고 싶어질지 몰라. 상념을 털어내고 다시 걷기 시작한다. 이곳 역시 다리 난간에 틈만 있으면 자물쇠를 매달아두었다. 연인들의 사랑 맹세는 이렇게 집요하고 굳건하다. 사랑, 그 잔인한 이름….

언덕 위의 부다 성으로 올라가는 방법은 여러 가지가 있다. 가장 편하게 올라가려면 산악 기차인 푸니쿨라Funiculaire를 타면 된다. 하지만 기다리는 줄이 만만치 않다. 이 푸니쿨라는 오스트리아-헝가리제국 시절인 1870년에 부다 성에서 일하는 노동자들을 위해 설치한 것이라고 한다. 지금은 관광객 수송에 큰 몫을 담당하고 있다. 줄을 서는데 익숙하지 못한 브노아와 나는 고민할 것도 없이 걷는 길을 택한다.

성으로 올라가는 길의 아름다운 풍경에 눈이 호사를 누린다. 특히 도나우 강과 세체니 다리를 입체적으로 볼 수 있어서 좋다. 국회의사당을 포함한 페스트 쪽도 한눈에 들어온다. 멀어질수록 분명히 보이는 것들이 있다. 올라가다 쉬면서 사진을 찍고, 또 천천히 올라가고, 인파 속에 익명으로 섞인 나는 편안하다. 낯선 사람과 이야기를 나누며 걷던 브노아는 어느새 인파 속에 묻혀버렸다.

부다 성은 이름 그대로 헝가리를 통치하던 왕들이 살던 궁으로, 부다의 높은 언덕 위에 거대한 성채로 지어졌다. 지금은 역사박물관과 국립미술관, 국립도서관 등으로 쓰이고 있다. 언덕을 거의 올라가면 날개를 활짝 펴고 칼을 발에 움켜쥔 새의 상이 보인다. 머리는 용, 몸은 독수리 모습이다.

헝가리의 시조인 아르파드를 낳았다고 전해지는 전설의 새 투룰Turul이다. 드디어 성 안에 들어섰다. 이제부터 스스로를 내려놓고 시간이 전하는 이야기를 들으면 된다. 웅장한 건물보다는 곳곳에 배어 있을 옛사람들의 흔적을 보려고 애쓴다. 돌아서면 도나우 강이 시야를 가득 채운다. 하늘이 지은 강도 아름답고 인간이 세운 구조물도 아름답다. 특히 높은 곳에서 보는 국회의사당은 앞에서 볼 때보다 더욱 빼어난 모습이다. 그 앞을 흐르는 강물, 그리고 그 위를 떠다니는 배. 여행은 자신에게 줄 수 있는 최고의 선물이다. 이곳에서 아무것도 하지 않고 하루를 고스란히 보내도 좋겠다.

왕궁을 한 바퀴 돌아 왕궁 맞은편 건물로 간다. 대통령 궁이다. 이곳에서도 어김없이 한국인들을 만난다. 넉넉해 보이는 아주머니들이 근위병 앞에 서서 교대로 '김치'를 외친다. 부다페스트에도 한국인 관광객이 많다. 슬그머니 사라졌던 브노아를 거기서 다시 만났다. 한국 아주머니들을 따라다니며 사진도 찍고 이야기를 듣느라 바쁘다. 틈만 나면 말을 붙여보고 싶다는 표정이다.

내려오는 길, 예쁜 아가씨들만 보면 카메라를 들이대는 브노아에게 물었다.

"헝가리 여자들 예쁘지요?"

"예. 정말 예뻐요. 혼혈이라 그런가 봐요."

"미진 씨에게 브노아가 아가씨들 사진만 찍었다고 일러도 돼요?"

"그럼요. 아무 문제없어요."

이야기는 시시하게 끝났다. 꽃처럼 아름답고 보석처럼 빛나는 젊은이들이 물고기 떼처럼 부다 성을 유영한다. 브노아의 '인물 사진' 실력이 한참 늘었을 것 같다.

18 Széll Kálmán
tér M
19
F/5
4348
1433

19 Kelenföld
M
www.theta.hu
info@theta.hu

브노아가 부다페스트에 사는 친구를 만나기로 했다는데 시간이 조금 남았다. 약속 장소가 페스트 지역이라 다시 세체니 다리를 건넌다. 브노아가 카메라 메모리카드를 산다고 해서 상가 지역으로 들어서는데, 비누를 파는 청년이 임자를 만났다는 듯이 소매를 잡아끈다.

"어디서 왔어요? 중국, 일본?"

"아냐! 코리아!"

"아, 코리아 알아요. 노스? 사우스?"

"사우스"

"오우, 그럴 줄 알았어요. 노스는 안 좋아요."

하하. 이 친구 장사속이 보통 아니다. 물론 피부에 만병통치약이라는 비누는 사지 않았다.

브노아는 한없이 착하지만 자신의 의지를 관철하기 위해서는 집요할 정도로 파고든다. 메모리카드를 사러 어느 가게에 들어갔는데 하나에 50유로를 달란다. 그 정도면 꽤 비싸다. 고개를 젓고 나오더니 다른 집으로 들어간다. 아까보다는 조금 싸지만 그를 만족시킬 만한 가격은 아니다. 나보고 길가 벤치에 앉아서 기다리라고 한 뒤 씩씩하게 사라지더니 한참 동안 돌아오지 않는다. 마음에 차는 가격이 나타날 때까지 찾아다니는 게 틀림없다. 얼마나 기다렸을까. 의기양양한 얼굴로 돌아온다.

"메모리카드 샀어요?"

"그럼요."

"얼마에?"

"15유로!"

50유로를 15유로로 만들기 위해 대체 몇 집을 돌아다닌 걸까?

30
47
1417

유럽의 3대 야경 중 하나인 부다페스트 밤 풍경

오늘은 정말 많이 걸었다. 온몸이 파김치처럼 늘어진다. 몸은 좀 혹사했지만 행복하다. 그동안 캠핑카만 타고 다니다가 두 발로 걸으니 얼마나 좋은지.

브노아의 친구를 만나 차를 마신 뒤, 호텔을 얻어준 진석의 지인이 저녁식사를 함께하자고 해서 선상식당에서 합류했다. 가난한 여행자가 선상식당이라니. 과도한 호사다. 저만치 보이는 부다 성이 꽃처럼 환하게 피어난다. 어둠 속에서 조명을 받으니 마치 허공에 떠 있는 것 같다. 부다페스트 밤 풍경은 유럽의 3대 야경 중 하나로 꼽힌다고 한다. 이름값을 제대로 한다. 음식도 맛있다. 하루 종일 걸어서인지 맥주 맛이 유난히 달콤하다.

진석이 일정을 급하게 바꾸자고 제안한다. 원래는 내일 오스트리아로 갈 계획이었다. 할슈타트hallstatt와 찰츠부르크Salzburg가 목적지였다. 모차르트의 출생지이며 '북쪽의 로마'라고 부르는 찰츠부르크도 그렇지만 할슈타트는 꼭 가보고 싶은 곳이었다. 알프스 산악지대에 풍광이 그림처럼 아름답다는 작은 마을, 유럽 배낭여행자들이 동경한다는 호수, 영화 〈사운드 오브 뮤직〉의 배경이 되었다는 그곳에서 하루쯤 나를 내려놓고 싶었다. 하지만 여행은 변수의 연속이기도 하다. 진석이 확인해본 결과 그쪽에 눈비가 많이 와서 접근이 어렵다는 것이다. 산악지대이기 때문일 것이다. 더구나 캠핑장도 문을 닫았다니 포기하는 수밖에 없다. 결국 오스트리아를 거쳐 독일로 가려던 계획을 바꿔, 체코 프라하를 들러 독일로 가기로 결정했다. 프라하 또한 가보고 싶던 도시이니 크게 섭섭할 건 없다. 어디를 가느냐가 아니라 무엇을 보고 듣고 내 안에 들이느냐가 여행을 하는 목적이니까.

4 주 차

부다페스트에서 파리까지

빛나는 프라하 성
¶

호텔을 나서는데 언제 맑았느냐 싶게 찬비가 온 도시를 적시고 있다. '글루미 선데이'를 조금이나마 느껴보라는 걸까? 마침 일요일이다. 빗속에 잠긴 도시의 아침이 회색으로 가라앉아 있다. 언젠가 다시 오리라! 가슴에 새기며 부다페스트를 뒤로한다. 부다페스트에서 프라하까지 500km, 프라하에서 베를린까지는 400km 정도 거리다. 그동안 하루 1,000km까지 달린 것을 생각하면 그리 멀지 않아 보인다. 도시를 벗어나니 양지 바른 언덕에 풀빛이 짙다. 풀들이 키를 키운 만큼 봄도 키를 키우고 있겠지.

달리는 동안 비가 그쳤다. 하늘이 한쪽부터 장막을 걷어내면서 세상이 환해진다. 고운 체로 쳐놓은 떡 고물같이 부드러운 풍경이 펼쳐진다. 물을 흠뻑 머금은 대지가 싱그럽게 부풀어 오른다. 이 길을 걷을 수 있다면 며칠

이고 걸어도 좋을 것 같다. 저 멀리 보이는 교회의 첨탑이 평화로운 풍경에 점 하나를 찍는다. 그곳을 지나 시선을 더 멀리 두면 수백 대의 풍력발전기가 장관을 이루고 있다. 누구에겐가 이 풍경을 전해주고 싶다. 그대! 밀밭이 그리는 지평선을 보았는가?

프라하에 도착한 시간은 오후 3시 10분. 이번 여행을 통틀어 날이 어둡기 전에 목적지에 도착한 건 처음이다. 느닷없이 주어진 잉여의 시간이 당황스럽기까지 하다. 진석이 예약해놓은 민박집으로 찾아간다. 캠핑장을 찾기 어려우니 당분간 민박집에서 머물 계획이다. 따뜻한 방에서 잘 수 있다니, 기대만으로도 마음이 푸근해진다. '동유럽의 파리'라고 불리는 프라하는 첫인상이 무척 깔끔하다. 골목들은 대부분 좁은 편이고, 낮고 붉은 지붕의 집들이 도시 전체를 퍼즐 맞추듯 채우고 있다. 체코의 수도인 프라하는 동유럽 여행의 정점이자 체코 여행의 핵심이라고 할 수 있다.

도심에 들어서면서 작은 문제가 생겼다. 캠핑카를 대놓을 만한 주차장이 없다. 도심에는 별도로 주차시설이 없고 대부분 도로변 주차장을 이용하도록 되어 있는데, 그걸 이용하는 게 만만치 않다. 몇 시간만 차를 세울 수 있지 하루 이상의 장기주차가 불가능하기 때문이다. 우여곡절 끝에 일단 주차를 하고 민박집으로 들어간다. 젊은 한국인 부부가 운영하는 게스트하우스다. 우리가 묵기로 한 곳은 4인실 도미토리인데 마침 다른 손님이 없어서 우리 일행이 통째로 쓰게 되었다.

진석이 많이 아프다. 민박집에 들더니 긴장이 풀렸는지 바로 까라져버린다. 그동안에도 목이 붓고 열이 나서 걱정이 많았는데, 이젠 심해져서 열이 40도까지 치솟는다. 머리를 만져보니 불덩이처럼 뜨겁다. 며칠 동안 식사도 거의 못했다. 오로라를 찍는다고 새벽마다 무리한 탓이다. 그것뿐인

가. 일정을 잡으랴, 리더 역할을 하랴 쉴 틈이 없었다. 침대에 누워 끙끙 앓는 모습을 보니 나까지 아픈 것 같아서 전전긍긍이다. 객지를 떠돌면서 아픈 것만큼 서러운 게 있을까. 약국을 찾아서 약을 사다 먹이고 나도 일단 누워본다. 낮에 침대에 등을 붙여보는 게 얼마만이던가. 몸 여기저기가 고장이 났는지 삐걱거리는 소리가 그치지 않는다.

브노아와 함께 프라하 시내로 나간다. 골목마다 어김없이 어둠이 진주해 있다. 브노아는 체력도 강하지만 탐구정신도 강해서 어딜 가도 그냥 앉아 있지를 못한다. 더구나 프라하는 브노아에게 추억의 도시다. 전에 아내 미진 씨와 함께 왔었다고 한다. 지리를 잘 아니 걸음에 거침이 없다. 첫 목적지는 야경이 아름답다고 소문난 '카를교'. 다른 도시가 대개 그렇듯 프라하도 도시 한가운데로 강이 흐른다. 이름은 블타바 강. 크지는 않지만 아름다운 강이다. 카를교는 그 강을 가로지르는 다리다. 구시가지와 좌측 언덕 위 프라하 성을 연결해주는 이 다리는 체코에서 가장 오래된 다리이자 유럽에서 가장 아름다운 다리 중 하나로 손꼽힌다.

카를교의 특징 중 하나는 다리 양 옆에 세워진 동상들이다. 기둥마다 총 서른 개의 성인상聖人像이 자리 잡고 있는데 대부분 바로크 양식이다. 여섯 번째와 일곱 번째 기둥 사이에는 십자가가 서 있다. 성인 얀이 1393년 보헤미아의 왕 벤체슬라우스(바클라프 4세)의 명령에 따라 블타바 강에 던져져 순교를 당한 장소를 표시하기 위해 세운 것이다. 십자가에 손을 내밀어 다섯 개의 별 중에 하나를 만지면 꿈을 이룰 수 있다고 한다. 또 조각상 아래에 순교 장면이 묘사된 부조를 만지면 행운이 온다는 전설 때문에 손때가 타서 까맣게 변했다. 누구든 프라하에 올 수 있었다는 자체가 이미 행운인 것을.

누구든 프라하에 올 수 있었다면
그 자체가 이미 행운인 것이다.

조명을 받은 프라하 성은 어둠 속에서 황금빛으로 빛난다. 뾰족뾰족 솟은 첨탑들이 마치 하늘의 뜻을 받아서 인간에게 전해주는 안테나 같다. 부다페스트에서 부다 성을 보면서 느꼈던 환상적이라는 표현을 다시 쓸 수밖에 없다. 어디를 둘러봐도 눈부신 풍경이다. 그러고 보니 이번 여행에서 유럽에서 가장 아름답다는 야경을 모두 본 셈이다. 파리 · 부다페스트 · 프라하의 밤 풍경을 일러 '유럽의 3대 야경'이라고 한다.

다리 앞에서 단체로 온 한국인들을 만났다. 가이드가 30명 정도를 세워놓고 그리스도에 대해 일장 연설을 한다. 이런 곳에서는 기본 정보만 전해주고 각자 느끼도록 하는 게 가장 좋은 방법일 텐데. 그러고 보니 도처에서 한국말이 들린다. 아마 같은 비행기를 타고 온 한국 사람들이 많은 모양이다. 가족끼리 친구끼리 연인끼리 대화를 나누며 다리 위를 걷는다. 다른 도시에 가면 중국인들이 많이 눈에 띄는데, 지금 이 시간 프라하만큼은 한국인이 더 많다. 나라가 그만큼 부자가 됐다는 국력의 지표일까. 아니면 유럽에서 흔치 않은 직항로가 있기 때문인가? 옆에서 걷던 브노아가 "Korea is rich country"라며 엄지손가락을 치켜든다. 그런데 괜스레 헛웃음이 나온다. 빈부의 격차가 갈수록 심해지는 내 나라에 대한 걱정 때문에 그랬는지도 모른다.

다리를 벗어나 구시가지로 접어든다. 무엇 때문이라고 딱 꼬집어 설명하기는 어렵지만, 프라하는 지금까지 거쳐온 유럽 도시들과는 다른 특별한 느낌이 든다. 11~18세기에 건축된 다양한 양식의 건축물이 고스란히 보존돼 있기 때문일지도 모른다. 이 도시는 대규모 재개발 같은 것을 하지 않은 까닭에 오랫동안 지켜온 건축 구조와 양식을 간직할 수 있었다.

기온은 온화하고 거리는 풍요롭다. 길거리 카페마다 사람들이 빈틈없이 앉아 있다. 먹지 않아도 배가 부른 것 같다. 평소에는 무척 빠른 브노아의 걸음도 한없이 느려졌다. 해찰하는 아이처럼 여기저기를 기웃거리고 참견하느라 그냥 지나치지 못한다. 틴Tyn 성당과 골츠킨스키Golz kinskych 궁전, 시계탑 등으로 둘러싸인 중앙광장은 여행자들의 천국이다. 거리의 가수가 노래를 부르고 에워싼 사람들이 따라 부른다. 벤치에 앉아 있는 사람들, 둘러앉아 술을 마시는 사람들…. 여러 인종이 모여들어 황홀한 밤을 통째로 몸에 들인다. 여긴 이렇게 평화롭구나. 다른 도시 대신 프라하로 온 것은 신의 안내였는지도 모른다.

그나저나 나만 보면 사진을 찍어달라고 따라다니는 사람들 등쌀에 내 사진을 찍을 틈이 없다. 특히 아랍 사람들이 그렇다. 큰 카메라를 들고 있으니 대단한 프로인 줄 아나 보다. 사실은 괜한 엄살이다. 사진을 찍어주고 웃고 서로 어깨를 두드릴 수 있으니 이 또한 얼마나 큰 행복인지. 지금까지 맛보지 못한 밤거리의 재미를 만끽한다.

저녁을 때워야 하는데, 오늘따라 국수가 먹고 싶다. 한국 음식점을 찾아볼까 했지만, 여기서는 헤매는 것보다 거리의 풍경을 느긋하게 즐기는 게 나을 것 같다. 더구나 내일 아침이면 민박집에서 차려주는 한국 음식을 먹을 수 있을 테니. 결국 생각해낸 게 베트남 쌀국수. 어느 도시를 가도 쌀국수집 한둘은 꼭 있게 마련이다. 한데, 막상 찾으려니 쉽게 눈에 띄지 않는다. 결국 골목마다 헤매고 다닌 끝에 한 곳을 발견했다. 국수는 썩 맛있는 편이 아니었지만 이만하면 행복한 저녁이다. 라면이 아닌 국수를 먹어보는 게 얼마만인지.

프라하 성에서 세상을 보다

¶

민박집의 주방 겸 식당은 우리가 머무는 방의 한층 위에 있다. 주인이 미리 알린 대로 아침 8시에 맞춰 올라가 보니, 젊은 한국인 여성 셋이 먼저 아침식사를 하고 있다. 다른 층에 머무는 여행자들인 모양이다. 밥상은 그리 화려하지 않지만 한식이라는 것만으로도 눈이 환해진다. 가볍게 목례를 하고 밥을 먹기 시작하는데 콘크리트처럼 단단한 침묵이 영 불편하다. 여행지에서 만나도 서로 아는 체하지 않는 게 젊은 여행자들의 관습인지는 모르지만, 머나먼 객지에서 같은 말을 하는 사람들이 만나 한 공간에서 밥을 먹는데 인사조차 나누지 않는 것이 내게는 더 어색하다. 일단 말을 걸어본다. 예상과 달리 대답이 술술 나온다. 직장에 다니는 두 명은 함께 프라하를 여행 중이고, 학생인 다른 한 명은 한 달 넘게 혼자 유럽을 여행하고 있다고 한다. 나도 여행 중이

REKLAMNI PLOCHA
bank
8213
SUBWAY
PIZZERIA
KMOTRA
Caffe
eat fresh

지만, 혼자 여행을 다닌다는 친구가 부럽다. 그런 용기도 부럽고, 그만한 비용을 조달할 수 있는 능력도 부럽다. 내 젊은 날은 참 흐렸구나.

"어때요? 이렇게 혼자 다니는 여행. 행복해요?"

"그럼요. 얼마나 행복한지 몰라요."

"혼자라 불편한 건 없어요?"

"별로 없어요. 다만 펍에서 맥주를 한잔하고 싶은데, 혼자 들어가기가 그래서 그냥 지나가야 할 때는 좀 아쉬워요."

여행을 제대로 즐길 줄 아는 친구다. 여행은 일상의 안락을 버리고 가슴 설레는 모험을 선택하는 것이니까.

진석이 밥을 두어 번 뜨더니 수저를 놓는다. 열이 조금 내리긴 했지만 여전히 오르락내리락한다. 얼른 나아야 할 텐데 걱정이다. 아침을 먹고 내려오자마자 브노아가 캠핑카를 옮겨놓아야 한다며 함께 나가자고 한다. 그를 따라 나설 때까지만 해도 악몽이 기다리고 있는 줄은 몰랐다. 차를 옮겨야 하는 이유는 유럽의 독특한 주차제도 때문이다. 도로 주차장에는 두 종류의 선이 있는데, 파란 선에는 거주자만 주차할 수 있다. 나머지 흰 선은 외부인 주차 공간인데, 길가의 수납기에 동전을 넣으면 여덟 시간 이상 차를 세워둘 수 있다. 다만 주말과 휴일에는 누구나 파란 선에 주차할 수 있다. 우리가 파란 선에 캠핑카를 오래 세워둘 수 있었던 건 주말이었기 때문이다. 오늘은 월요일. 오전 9시가 넘으면 무조건 차를 흰 선으로 옮겨놓아야 한다.

일단 차를 몰고 돌아다니며 오래 주차할 수 있는 주차장을 찾아본다. 하지만 10분도 지나기 전에, 차라리 모래밭에서 사금을 찾는 게 나을 것 같다는 사실을 확인한다. 아무리 돌아다녀도 비어 있는 곳이 없다. 그러다 보니 점점 외곽으로 나가게 된다. 교통경찰에게 물어봐도 트럭 기사에게 물어봐도 차를 댈 만한 곳을 제대로 아는 사람이 없다. 참으로 끔찍한 수차난이다. 결국은 아주 멀리 나가 한적한 주택가 도로에서 빈 공간을 찾는다. 말은 간단한데, 고난의 길이었다. 대체 얼마나 멀리 온 것인지. 주차장을 찾다가 오전이 다 가버리고 말았다.

민박집까지 갈 일도 걱정이다. 워낙 외곽이라 지하철역이 멀리 떨어져 있다. 유적을 찾아다녀도 시원찮을 시간에 이게 무슨 짓이람. 하지만 스스로를 토닥거린다. 괜찮다, 괜찮다. 이런 경험 역시 여행이 주는 선물 아닌가. 길을 걷다가 양지 바른 뜰에서 작은 꽃들을 발견했다. 여기는 벌써 꽃이 피었구나. 무슨 꽃일까? 구절초를 닮은 아주 작은 꽃이다. 브노아가 부르지 않았다면 꽃과 눈을 맞추느라 한동안 시간을 보냈을 것 같다.

한참 걸어서 지하철을 탄 뒤 중간에 갈아타고 드디어 출발한 곳에 도착했다. 원위치로 돌아왔으니 프라하의 낮 풍경과 만날 시간이다. 역시 카를교에서부터 프라하 속으로 걸어 들어간다. 같은 다리지만 밤과 낮 풍경은 무척 다르다. 거리의 화가들도 곳곳에 눈에 띄고, 다리 중간중간에는 개를 품에 안은 집시들이 일터에 나온 듯 자리를 잡고 앉아 있다. 오늘은 프라하를 제대로 돌아봐야지. 프라하는 도시 자체가 박물관이라고 불릴 정도로 매력적인 도시다. 이곳에서는 굳이 안내책자를 들고 다닐 필요가 없다. 발길 닿는 곳 모두가 명소이기 때문이다. 어디에서든 방향을 가르쳐주는 등대, 프라하 성이 있어서 길을 잃을 염려도 없다. 그냥 어슬렁거리며 걸으면 된다. 물론 프라하 성이 있는 '페트라진 언덕'은 꼭 가봐야 한다.

프라하 성으로 가기 전에 카페에 들러 차를 한 잔씩 놓고 땀을 들인다. 걷다가 이렇게 잠시 쉬는 시간은 정말 행복하다. 안락한 의자에 고단을 내

려놓으니 오전에 주차장을 찾느라 지친 몸이 느슨하게 이완된다. 프라하 성으로 올라가는 길에는 뜨내기 장사꾼과 길거리 예술가들이 진을 치고 있다. '해골 춤'을 추는 사내, 기타를 치며 노래하는 사내. 그런 곳에서는 역시 브노아의 걸음이 늦어진다. 기타 치는 사내는 돈은 한 푼도 안 내고 사진만 찍는다며 눈을 부라린다.

등에 다시 땀이 찰 무렵 프라하 성이 눈앞에 다가선다. 성보다는 성에서 내려다보이는 프라하 시내 구경이 먼저다. 이제야 이 도시의 진짜 모습이 보인다. 붉은 색? 오렌지 색? 높지 않은 지붕들은 우쭐거리지 않으면서 서로 어울려 잔잔한 물결 같은 조화를 이룬다. 높은 빌딩은 거의 보이지 않는다. 다리 위에서 보는 프라하 성이 환상처럼 아름답더니 프라하 성에서 바라보는 블타바 강과 카를교 역시 명성만큼이나 아름답다.

프라하 성은 체코뿐 아니라 유럽에서도 손꼽힐 정도로 크고 아름다운 성이다. 9세기 말 건설되어 카를 4세 때인 14세기에 지금과 비슷한 모습을 갖췄다. 이후에도 계속 여러 양식이 더해지면서 변화를 거듭, 18세기 말에야 완성됐다. 1918년 체코슬로바키아 공화국이 성립되면서 대통령 관저로 쓰기 시작했고, 현재는 성의 일부를 대통령 집무실과 영빈관으로 사용하고 있다. 동서로 길게 뻗어 있는 성에는 흐라트차니Hradcany 광장과 접한 서쪽의 정문 외에도 동문·북문 등 세 개의 문이 있다.

성을 둘러보다가, 슬그머니 손으로 만져보다가, 한참 귀를 기울여보기도 한다. 어떤 장인의 손이 저리 정교한 작품들을 빚었을까. 프라하 성의 제3정원에 있는 성 비투스St. Vitus's 대성당 안에도 들어가 본다. 이 성당은 보헤미아의 군주들이 대관식을 올리고 죽은 뒤 매장된 곳으로 프라하에서 가장 큰 성당이다. 내 안에 경건한 기운이 가득 찬다. 이 순간 내가 어떤 종교를

믿느냐는 중요하지 않다. 마음으로 무릎을 꿇어 신에게 경의를 표한다.

프라하 성에서 내려와 블타바 강가를 걷는다. 공원을 지나가는데 한 청년이 전자 피아노를 주섬주섬 펴놓더니 연주를 시작한다. 아름다운 선율이 강물 위를 흐른다. 산책하던 사람들이 걸음을 멈추고 귀를 기울인다. 이 순간만큼은 이곳이 천국이다. 강아지와 함께 산책하던 중년 부부의 얼굴에도 미소가 흐른다. 프라하의 봄은 강가의 풀밭에서 오고 있다.

강을 벗어나 어제저녁 시간을 보냈던 중앙광장으로 간다. 청년들이 바람 부는 날의 저녁연기처럼 몰려다닌다.

길을 걸어가는데, 어눌한 한국말이 들린다.

"깎아주세요!"

깎아주세요? 돌아보니 재봉틀을 돌려 사람 이름이나 각종 글자를 새겨주는 상인이 나를 부르며 하는 말이다. 한국말이 들리는데 멈추지 않을 수 없었다. 그나저나 한국인이 얼마나 많이 찾아오면 한국말로 호객을 할까. 그것도 얼마나 깎아달라고 졸랐으면 '깎아주세요'가 입에 붙었을까. 재봉틀 주인의 말에 반응한 건 내가 아니라 호기심 많은 브노아다. 기다렸다는 듯이 얼른 쫓아가더니 한국말에 대한 조언을 아끼지 않는다.

"'깎아주세요'부터 하면 안 되고, 일단은 '잠깐만요' 하고 부르는 거예요."

얼씨구! 한국인 아내 덕분에 나보다 더 잘 아네? 재봉틀 주인은 장사 욕심이 많은 사람이다. 결국 내게 '잠깐만요'를 제대로 발음해 달라더니 휴대전화에 녹음까지 한다. '깎아주세요'도 그렇게 배운 모양이다. 프라하의 밤이 깊어간다.

발길 닿는 곳 모두가 아름답다.
어디에서든 방향을 가르쳐주는 프라하 성이 있으므로
긴장을 풀고 얼마든지 걸어도 좋다.

베를린으로 가는 날

¶

부스럭거리는 소리에 잠에서 깼다. 어둠 속에 브노아가 앉아 있다. 아! 일찍 카를교에 다녀오자고 약속을 했지. 미진 씨가 신신당부했단다. 카를교의 새벽 풍경을 꼭 찍어오라고. 옷을 주섬주섬 차려입고 그를 따라나선다. 문을 열고 나서니 어둠 속으로 비가 쏟아지고 있다. 보통 비가 아니다. 몸이 움츠러들고 걸음이 절로 멈춰진다. 비가 이렇게 내리는데 무슨 산책이람. 더구나 우산도 없이. 하지만 브노아는 조금의 망설임도 없이 빗속으로 성큼성큼 걸어 들어간다. 전쟁터로 나가는 장군처럼 침범하기 어려운 결기까지 엿보인다. 이런 땐 군말 없이 따라가는 수밖에 없다. 새벽 비는 무척 차다. 나야 맞으면 그만이지만 카메라가 젖으면 안 되지. 품에 꼭 싸안고 종종걸음으로 브노아를 따라간다.

강에는 물안개가 자욱하다. 이른 시간이고 비까지 내리니 오가는 사람

이 하나도 없다. 브노아와 나만 묵묵히 걸음을 옮길 뿐이다. 저만치 프라하성이 흐리게 잠들어 있다. 낮이나 밤에는 볼 수 없었던 풍경이다. 빗속을 걸어오지 않았다면 이런 풍경이 있는 줄 상상도 못 했겠지. 카를교에는 아무도 없다. 그렇게 북적거리던 사람들은 모두 어디로 갔을까. 흠뻑 젖은 채 카를교 위를 걷는다. 마치 흑백 무성영화 속으로 들어가 걷는 기분이다.

오늘은 베를린으로 가는 날. 카를교에서 돌아와 옷을 갈아입은 뒤 아침밥을 든든히 챙겨 먹는다. 아침식사를 하는 멤버는 어제와 다르지 않다. 한식으로 차린 밥상은 찬이 많지 않아도 비교할 수 없는 행복을 준다. 고춧가루를 넣지 않은 돼지고기 볶음 · 오이무침 · 김치 · 무생채…. 이게 전부지만 하나하나 입에 달다. 맛있게 먹는 밥은 힘이 된다. 브노아도 "맛있어요"를 연발한다. 다만 진석이 여전히 제대로 먹지 못해서 걱정이다. 열은 많이 떨어졌지만 아직 기운을 차리지 못했다.

택시를 불러서 캠핑카를 주차해둔 곳으로 찾아간다. 차창 밖으로 보이는 어느 집 담장에 개나리가 노랗게 피었다. 아직 2월인데…. 하늘은 얼마나 변화무쌍한 카드를 감추고 있는지. 프라하를 벗어나 외곽으로 달리면서 비가 눈으로 바뀐다. 언덕 위에는 벌써 희끗희끗 눈이 쌓여 있다. 아까 본 개나리꽃 위에도 눈이 내리겠다. 참으로 예측하기 어려운 날씨다. 파란 풀밭 위로 내린 눈의 색이 오묘해서 눈을 뗄 수가 없다. '희푸른색'이라고 해야 할까. 베를린으로 가는 길에는 산이 제법 많다. 들판만 보다가 산을 보는 것도 색다른 느낌이다.

새벽에 비를 맞은 탓일까? 감기 기운이 있어서 약을 먹었더니 깜빡 졸고 말았다. 눈을 뜨니 어느덧 독일 땅을 달리고 있다. 북유럽으로 올라갈 때 잠깐 스쳐갔지만 본격적인 독일 방문은 이번이 처음이다. 차는 아우토반을 달리고 있다. 왕복 6차선 도로는 평탄하다. 캠핑카의 구조상 어지간하면 마구 흔들리게 마련인데 지금은 조용하다. 차들이 달리는 속도도 확실히 빠르다.

오후 2시경 베를린에 도착했다. 진석이 예약해둔 한인 민박집은 독일을 찾는 한국인들에게 꽤 유명한 곳이다. 다행히 3인실 도미토리가 비어 있어서 우리 세 명만 써도 된다고 한다. 주인장은 꽤 나이가 들어 보이는 남자다. 내 또래쯤 되었을까. 베를린에서 자리 잡은 딸을 따라와 민박 일을 도와주고 있다고 한다. 이것저것 설명을 해주는데 이용 규칙이 꽤 엄격하다. 물잔 하나 사용하는 것까지 원칙을 정해놓았다.

대충 짐을 내려놓고 숨 돌릴 틈도 없이 브노아와 함께 민박집을 나선다. 여행이 거의 막바지로 접어들면서 흘러가는 시간이 더욱 아쉬워진다. 작은 도시에 머물다 큰 도시에 오니 눈이 휘둥그레진다. 베를린의 면적은 889km^2, 인구는 350만 명으로 부다페스트나 프라하에 비해 상대적으로 크다. 한국으로 보면 부산과 비슷한 인구 규모다. 베를린 시내를 돌아보기 위해 지하철을 탄다. 여러 도시를 다니며 지하철을 이용해보면 서울의 지하철이 얼마나 잘 구성돼 있는지 실감하게 된다. 특히 환승 시스템은 서울이 발군이다.

베를린을 짧은 시일 안에 알고 간다는 것은 불가능하다. 더구나 오기 전에 챙겨둔 자료도 없다. 그저 보이는 대로 보고 느낄 수밖에. 여기서도 어김없이 내 지론을 앞세울 수밖에 없다. 어디에 가서 무엇을 보았는지가 중요한 게 아니라 어떤 시선으로 보았는지, 무엇을 담아왔는지, 내 삶에 어떤 영향을 받았는지가 중요한 것이다. 어디든 그들만의 이야기가 있게 마련이니까. 가끔은 대책 없이 헤매는 여행을 즐기기도 할 일이다.

Bääärlin

지하철에서 내려 여기저기 쏘다닌다. 베를린 최대의 번화가라는 '쿠담 거리'에서 전쟁의 상흔이 고스란히 남아 있는 카이저 빌헬름Kaiser Wilhelm 교회와 마주친다. 이 교회는 제2차 세계대전 당시 연합군의 폭격을 받아 파괴됐지만, 전쟁의 비참함을 전한다는 의미에서 보수를 하지 않고 있다고 한다. 다음으로 찾아간 곳은 국회의사당(독일 연방의회 의사당). 1894년에 완공된 이곳은 1918년까지 독일 제국의회 의사당으로 사용됐다. 1933년 2월에는 화재로 큰 피해를 입었고 제2차 세계대전 당시에는 집중 포화를 맞기도 했다. 1990년 10월 3일 독일 통일 의식이 이 건물에서 이뤄졌다. 1991년에서 1999년에 걸쳐 전체적으로 보수를 한 뒤 국회의사당으로 사용하고 있다. 하나가 된 독일의 입법부, 연방 의회의 본거지라는 데 의미가 있다.

브란덴부르크 문Brandenburg Gate으로 간다. 큼직한 기둥만 남아서 언뜻 보면 별 의미가 없어 보이는 것 같은 이 문은 베를린을 찾는 사람들이 빼놓지 않고 들르는 명소다. 베를린의 중심가에 있는 이 건축물은 독일 프로이센 제국의 힘을 자랑하기 위해 프리드리히 빌헬름 2세가 1791년 파리저Pariser 광장에 세우도록 한 개선문이다. 1961년 베를린 장벽이 세워진 뒤부터 이 문을 통해서만 동·서 베를린을 오갈 수 있었다. 즉, 동베를린과 서베를린 사이의 관문 역할을 하면서 독일 분단과 동서 냉전의 상징이 됐다. 1989년 11월, 인파가 브란덴부르크 문 앞에 모인 가운데 베를린 장벽이 무너지면서 브란덴부르크 문은 통일의 상징이 되었다.

파리저 광장을 지나, 독일에서 가장 높은 건축물이라는 베를린 'TV탑'까지 걸어간다. 해가 빠른 속도로 기울더니 땅거미가 깔리기 시작한다. 멀리서 종소리가 들려온다. 근처에 있던 무슬림들이 메카 쪽을 향해 절을 한다. 무언가 간절해지는 이 순간, 나는 무엇을 간구하며 기도해야 할까.

독일의 분단과 통일의 상징, 브란덴부르크 문

베를린 장벽 앞에 서다
¶

날씨는 좀 쌀쌀하지만 하늘은 맑다. 쌀쌀하다고 해도 그동안 겪어온 살을 저미는 듯한 추위와 비교하면 따뜻하게 느껴질 정도다. 그래서 행복하다. 아침을 먹고 브노아와 함께 민박집을 나선다. 프라하 민박집에서는 아침식사만 할 수 있었는데, 베를린 민박집에서는 아침과 저녁을 모두 준다. 한식으로 든든하게 배를 채웠으니 겁날 게 없다. 지하철을 타는 것도 어제보다 훨씬 능숙해졌다. 든든한 브노아가 있으니 걱정할 일도 별로 없다.

짧은 시간 동안 베를린의 모든 것을 보고 가겠다면 그야말로 턱없는 욕심이다. 보고 느끼는 것에도 선택과 집중은 필요하다. 신중하게 골라서 맨 처음 찾아간 곳은 베를린 홀로코스트 추모관Holocaust Denkmal이다. '유럽의 유대인 학살 추모관'이라는 의미를 지닌 이곳에는 다양한 높이의 구조물이

Orgelbau Stüber in Berlin

홀로코스트 추모관 풍경들

끝없이 나열돼 있다. 그 앞에서 교사 한 사람이 고등학생쯤으로 보이는 아이들에게 심각한 얼굴로 설명을 하고 있다. 아이들은 미동도 하지 않고 선생님의 말을 듣는다.

이 구조물은 독일인이 과거 유대인들에게 저지른 잔인한 역사를 잊지 않기 위한 프로젝트로 만들어졌다. 2,711개의 검은색 콘크리트 석비가 관람객의 시선을 강렬하게 잡아당긴다. 석비의 폭과 길이는 같지만 높이는 0~4m로 각기 다르다. 기둥 사이의 간격은 폭과 같은 95cm, 한 사람이 걸어갈 만한 공간을 비워놓았다. 그 안은 미로처럼 끊길 듯하면서도 끊임없이 이어진다. 당시 유대인들의 심정을 형상화한 것이라고 한다. 자신들의 의지와는 상관없이 어느 날 미로에 갇혀, 앞에 펼쳐진 운명을 짐작조차 할 수 없었던 유대인. 그들에게 끝없는 미로는 죽음으로 가는 길이었을 것이다.

하지만 이 석비는 궁극적으로 침묵과 아픔, 화해, 미래 등의 뜻을 내포하고 있다고 한다. 용서와 화해, 그리고 미래…. 그것을 이루기 위해서는 가해자의 진정한 사죄가 전제돼야 한다. 역사의 과오를 되풀이하지 않기 위해 조성했다는 구조물 앞에서 독일을 생각하고 일본을 생각한다. 유대인을 생각하고 우리 민족을 생각한다. 독일이 이렇게 과거를 인정하고 사죄하고 재발을 막기 위한 대책을 마련하는 동안, 일본은 오로지 자신들이 저지른 과거를 감추기에 급급했다. 위안부라는 범죄행위를 부정하고 돈 몇 푼으로 덮으려고 한다. 교과서를 왜곡해서 후세대의 역사 인식을 바꾸려는 짓도 서슴지 않는다. 비교하는 것조차 싫지만, 홀로코스트 추모관 앞에 선 한국인이라면 누구나 분노하지 않을 수 없을 것이다.

상념들을 내려놓고 석비 사이를 천천히 걷는다. 석비와 석비 사이의 틈으로 숱한 사람들이 나타났다 사라진다. 조금 전 선생님의 설명을 듣던 학생들도 있고, 가끔은 사진을 찍느라 여념이 없는 브노아도 보인다. 저들 눈에는 이쪽에 있는 내가 그렇게 나타났다 사라지는 존재겠지. 비단 석비 사이에서만 일어나는 일일까. 모든 존재는 그렇게 나타났다 순식간에 사라진다. 자신이 영원히 존재할 수 없다는 사실을 망각하고 과도한 욕심을 부리는 순간 고통은 시작된다. 비우며 살다 갈 일이다. 살아 있는 자들이 시대의 폭력에 희생당한 사람들에게 미안해할 일이다.

석비들 사이를 지나 지하에 지어놓은 안내센터는 좀 게으른 편이다. 오전 10시에 문을 연다고 써놓고는 10시 30분이 돼도 감감무소식이다. 줄이 무척 길어진 10시 50분에야 몇 명씩 입장을 시킨다. 유럽의 미술관이나 박물관에 들어갈 때마다 겪는 일이지만 입장 절차가 좀 복잡하다. 엑스레이 투시를 포함한 몸 검색을 하고 배낭을 맡기고…. 결국 배낭에 들어 있던 작은 여행용 칼이 엑스레이에 적발됐다. 칼을 따로 보관하고 배낭을 맡기다 보니 시간이 더 많이 걸리고 말았다.

안내센터에서는 각종 자료를 통해, 나치스가 유대인에게 저지른 범죄를 가감 없이 보여준다. 유대인으로 태어났다는 이유만으로 아이들까지 가스실로 들어가야 했던 비극의 증거들이 거기 있다. 희생자들의 사진이나 편지 · 일기 등의 기록물 앞에서 인간이 어디까지 잔인해질 수 있는지 실감한다. 딸이 죽음을 앞두고 아버지에게 쓴 편지도 있다. "아빠, 마지막 인사를 드려요…." 단 한 줄에 울컥 눈물이 솟는다. 안네의 집에서 느꼈던 전율이 온몸을 훑고 지나간다. 그 누구도 타인의 자유를 빼앗고 생명을 좌우할 수 없다. 비극이 되풀이되지 않도록 하기 위해서라도 올바른 역사의 기록이 필요한 것이다.

홀로코스트 추모관에서 나와 거리를 걷는다. 이곳저곳 돌아다니다가 점심을 먹으러 들어가는데 느닷없이 우박이 쏟아진다. 지나가던 사람들이 우왕좌왕 정신없이 달린다. 우박 하나에도 저렇게 혼란스러운데, 전쟁 속에서는 얼마나 당황스럽고 고통스러웠을까. 홀로코스트… 베를린 장벽… 전쟁과 반목의 비극이 저절로 떠오르는 도시에 내리는 우박은 어쩐지 잘 어울린다.

오후에는 베를린 장벽으로 간다. 독일, 그것도 베를린까지 와서 이곳을 들르지 않고 그냥 갈 수는 없지. 베를린 장벽은 동·서 베를린의 경계선에 쌓은 약 45.1km의 길고도 두꺼운 콘크리트 담장이었다. 1961년에 동독 정부가 서베를린으로 탈출하는 사람들과 동독 마르크화의 유출을 막기 위해 세웠다. 동유럽의 민주화로 1989년 11월 9일 철거될 때까지 냉전의 상징물

베를린 장벽 그림 중 가장 유명한 〈형제의 키스〉

이었다. 엄밀히 말하면 지금 우리가 찾아가는 곳은 베를린 장벽이 아니다. 이스트사이드 갤러리East Side Gallery라는 이름의 세계에서 가장 긴 야외 갤러리다. 일부 남아 있던 베를린 장벽에 조성한 것으로 길이가 무려 1,316m에 달한다. 1990년 9월 개장할 때 21개국 118명의 예술가들의 작품이 전시됐다. 이스트사이드 갤러리에는 소련 공산당 서기장 브레주네프Brezhuev와 동독 공산당 서기장 호네커Honecker의 키스 장면으로 유명한 〈형제의 키스〉라는 작품도 전시돼 있다.

강변을 따라 이어진 야외 갤러리를 따라 걸으며 느끼는 감회가 남다르다. 담은 생각보다 높다. 저 높은 곳을 어떻게 넘어서 탈출했을까. 이데올로기를 넘어 자유를 찾아 동베를린을 탈출하는 방법은 눈물겨웠다고 한다. 담을 넘는 것뿐만 아니라 장벽 아래로 땅굴을 파기도 하고 소련군으로 변장하는 등 기상천외한 방법이 동원됐다. 하지만 담을 넘은 사람이 모두 자유를 찾은 것은 아니다. 1989년 가을까지 5,000명이 탈출했지만 136명은 목숨을 잃었다. 자유야말로 목숨을 내놓고라도 추구해야 할 가치라는 역설 앞에서 다시 한번 숙연해진다.

이스트사이드 갤러리의 그림들은 다양하다. 만화 같은 그림도 있고, 그림 위에 낙서를 한 듯한 작품도 있다. 유명한 작품을 제외하고는 해마다 다른 그림이 그려진다고 한다. 어쩌면 눈으로 보기보다는 마음으로 더 많이 느껴야 하는 곳인지도 모른다.

다시 파리로 가다

¶

새벽 5시 40분. 진득하게 달라붙는 잠을 털어내고 주섬주섬 옷을 챙겨 입는다. 6시 30분에 베를린을 출발하기로 한 날이다. 빡빡한 일정을 감안하면 오늘 안에 파리로 들어가야 하는데, 하루 만에 도착하기에는 만만치 않은 거리다. 느긋하게 출발해서 파리 근교에서 하루 머물고 이튿날 일찍 들어갈 것인지, 새벽에 베를린을 출발해서 늦더라도 오늘 파리까지 갈 것인지 저울질한 끝에 일찍 출발하는 쪽을 택했다. 브노아의 컨디션에 달렸으니 그의 의견이 많이 반영됐다. 그래, 오늘만 견뎌보자고. 파리까지 서둘러 들어가야 하는 이유는 내일 캠핑카를 반납해야 하기 때문이다.

거리를 내다보니 자동차 불빛 사이로 희끗희끗 흰 눈이 내린다. 역시 베를린답군. 마지막 전송을 눈으로 하는구나.

파리를 떠나 다시 파리로 돌아오는 동안 거쳐온 나라는
모두 15개국이었다.

프랑스 · 벨기에 · 네덜란드 · 독일 · 덴마크 · 스웨덴 ·
노르웨이 · 핀란드 · 에스토니아 · 라트비아 · 리투아니아 ·
폴란드 · 헝가리 · 체코 · 슬로바키아…

하나씩 꼽아보니 정말 먼 길을 달려서
다시 출발한 곳으로 돌아왔다는 사실이 실감 난다.

시내를 벗어날 때쯤 눈은 폭설로 바뀐다. 그러잖아도 파리까지 만만찮은 거린데, 계속 눈이 내리면 문제가 심각해진다. 밀밭 사이로 달려나가던 오솔길이 끝내 눈 속으로 모습을 감춘다. 나무들마다 눈꽃을 피워내고 있다.

아침을 굶은 채 출발했으니 모두 배고픈 표정이다. 북유럽에서는 굶기를 밥 먹듯 했는데, 며칠 제대로 끼니를 챙겨 먹었다고 배 속이 어려운 날들을 금세 망각했다. 고속도로 휴게소에 들어갔더니 음식 값이 '악!' 소리가 나올 만큼 비싸다. 브노아가 슬그머니 옷자락을 잡아끈다. 못 이기는 척 따라나온다. 뭔가 복안이 있으니 이러겠지. 다시 출발한 차는 고속도로를 빠져나와 어느 작은 마을로 들어갔다. 눈을 쓴 버드나무가 가지를 길게 늘어뜨린 한적한 마을이다. 외지 사람이 찾을 일이 없는 마을이니 음식점은 없지만 마을 사람들이 이용하는 큰 슈퍼마켓이 있다. 그곳 빵집에서 아침을 해결했다. 고속도로 휴게소의 3분의 1 가격으로 오케이. 이런 땐 브노아의 지혜가 돈이다.

프랑스 쪽으로 가면서 눈은 그치고 세상은 푸르러진다. 뭉게구름을 덮고 있는 너른 들판과 옹기종기 모여 있는 마을들이 그림처럼 예쁘다. 고운 햇살이 나풀거리며 내린다. 평화로운 풍경이다. 오후 4시 독일과 프랑스 국경을 지났다. 길었던 여행이 종착점을 향해 달리고 있다. 4시 40분에는 프랑스 북동부 모젤Mosells 주의 주도인 메스Metz에 도착했다. 이 도시는 2005년에 안정환이 잠깐 뛰었던 축구클럽 FC메스의 연고지이기도 하다. 이곳에서 이른 저녁을 먹고 다시 출발한다. 오늘 달리는 거리는 약 1,000km. 멀고도 먼 길이다.

파리 외곽 셀의 브노아 집에 도착한 것은 늦은 밤이다. 2월 3일에 출발해 2월 25일에 도착했으니 22일 만에 돌아온 것이다. 브노아와 미진 씨의 상봉이 눈물겹다. 겉으로 드러나는 표현은 아끼지만, 눈길만으로도 사랑의 깊이를 짐작할 수 있다. 여행 중에도 밤마다 전화로 몇 시간씩 이야기를 나누곤 했다. 브노아의 두 아들 나무와 우주도 오랜만에 다시 만났다. 파리로 돌아온 첫날은 브노아의 집에서 묵고, 내일은 진석이 예약해둔 민박집으로 옮기기로 했다.

다음 날 아침 일찍 미진 씨까지 동원되어 캠핑카 청소를 서두른다. 조금 불안하다. 25일 동안 험한 곳을 다니느라 차 역시 많이 지치고 상했다. 바퀴도 많이 마모됐고 범퍼에는 부딪힌 자국도 있다. 이것저것 떨어져나가기도 했다. 캠핑카 업체에서 보상을 청구하면 고스란히 물어줘야 한다. 그렇게 될 경우 여비도 없는 형편에 최악의 상황을 맞이하게 된다. 한국에 연락해서 빚을 내는 수밖에 없다. 기도하는 마음으로 쓸고 닦는다. 내 생애에 이렇게 경건한 청소를 해본 적이 있던가. 먼지 한 톨까지 치우고 작은 때까지 꼼꼼히 지우다 보면 하늘도 감동하겠지.

캠핑카 청소를 마치고 여기저기 돌아본다. 우리와 함께 얼마나 많은 우여곡절을 겪었는지. 함께 웃고 함께 운 흔적들이 곳곳에 배어 있는 것 같아 마음이 짠하다. 여기는 긁혔고… 여기는 멍이 들었구나. 고맙고 미안하다. 빗속에서 눈 속에서, 그 추운 곳에서 우리의 생명을 지켜주느라 정말 애썼다. 슬그머니 쓰다듬으며 인사를 나눈다. 사람과 사물 사이에도 정이 든다는 사실을 새삼 깨닫는다.

캠핑카가 운행한 거리를 확인해보니 9,596km. 10,000km 가까이 달렸다. 현지에서 버스 등 다른 차를 이용한 것을 감안하면 10,000km 넘게 움직였다는 결론이 나온다. 지구 한 바퀴가 40,000km를 조금 웃도니 캠핑카로 지구 4분의 1바퀴를 돌았다.

◇◆◇

모처럼 느긋하게 보낼 수 있는 시간이 주어졌다.
나는 오늘 아무 일정도 없다.
책을 읽고 잠을 자기도 하면서 하루를 보낼 계획이다.

파리를 떠나 다시 파리로 돌아오는 동안 거쳐온 나라는 프랑스를 포함해 15개국이었다. 벨기에 · 네덜란드 · 독일 · 덴마크 · 스웨덴 · 노르웨이 · 핀란드 · 에스토니아 · 라트비아 · 리투아니아 · 폴란드 · 헝가리 · 체코 · 슬로바키아… 하나씩 꼽아보니 정말 먼 길을 달려서 출발한 곳으로 돌아왔다는 사실이 실감 난다. 한생을 전부 살아낸 것처럼 아득하다.

진석과 브노아가 캠핑카를 반납하러 가고 나는 집에 남았다. 모처럼 느긋하게 보낼 수 있는 시간이 주어진 것이다. 나는 오늘 아무 일정도 없다. 책을 읽고 잠을 자기도 하면서 하루를 보낼 계획이다. 오후에 돌아온 진석과 브노아의 얼굴이 밝다. 다행히 추가 비용 없이 차를 반납했다. 브노아가 큰 역할을 했을 것이다. 큰 짐을 덜어낸 기분이다. 이제 파리에서 남은 날들을 잘 보내고 집으로 돌아가면 된다.

저녁 무렵 브노아 집을 나섰다. 브노아가 민박집까지 데려다주기로 했다. 미진 씨도 동승했다. 예약해둔 민박집은 조선족이 운영하는 집이다. 문 앞에 조그맣게 써놓은 '대박'이라는 간판이 재미있다. 중국에 가족을 두고 아들과 함께 파리로 왔다는 주인아주머니의 인상이 후덕하다. 집으로 돌아온 듯 마음이 푸근해진다. 요즘은 한국인 민박보다 조선족이 운영하는 민박집이 더 많아졌다고 한다. 브노아, 미진 씨와 함께 민박집에서 차려준 한식으로 저녁을 먹는다. 주인아주머니 음식 솜씨가 정말 좋다. 프라하와 베를린에서도 민박집에 묵었지만 음식으로는 이곳이 최고다. 파리에서 가장 큰 한국 음식점의 주방에서 일하며 요리를 배운 덕이란다. 컨디션을 거의 회복한 진석도 모처럼 양껏 먹는다.

생투앙 벼룩시장과 몽마르트 언덕

¶

오늘은 진석과 내게 손님이 찾아오기로 했다. 와인의 고장 보르도에 유학을 온 이관영 씨. 진석이 진행하는 사진반에서 공부하던 분인데, 서울에서 열린 진석의 출판 행사에서 만난 적이 있었다. 적지 않은 나이임에도 차분차분 인생 2막을 준비하는 멋진 분이다. 우리를 보기 위해 어제 늦은 밤에 보르도에서 출발해 파리로 왔다. 아침식사를 한 뒤 셋이 함께 길을 나선다. 북유럽으로 출발하기 전에 제대로 보지 못한 파리를 한 바퀴 돌아볼 계획이다. 진석은 파리에 사는 사람 못지않게 파리에 대해 잘 안다. 두 달 동안 1,000km를 걸으며 찍은 10만여 컷의 사진으로 『라비 드 파리』(큐리어스, 2015)라는 책을 내기도 했다.

민박집에서 가장 가까운 역은 7호선 'cremee' 역. 파리의 지하철은 14호선까지 있다. '13'이라는 숫자를 안 쓰는 걸 감안하면 13개의 노선이 있다.

온갖 물건이 다 있는 생투앙 벼룩시장. 다만 사진 찍는 것은 주의해야 한다. 가게 주인에 따라 찍지 못하게 하는 경우도 있다.

파리는 서울에 비해 작은 도시다. 면적으로 보면 서울의 6분의 1 정도다. 그 공간 안에 지하철 노선 13개와 교외 전철 노선 5개가 있다. 선로가 촘촘하게 도심을 누빈다. 어지간한 곳은 지하철로 모두 다닐 수 있다.

오늘 첫 번째 목적지는 생투앙Saint-Ouen 벼룩시장. 세계적인 벼룩시장으로 파리의 명물 중 하나다. 파리 북부 'Clignancourt' 역 근처 '로지에르 거리'에 있다. 나는 어느 도시에 가든 시장과 뒷골목을 빼놓지 않고 찾아다닌다. 사람 사는 진실한 모습이 그곳에 있기 때문이다. 시장으로 들어서니 말 그대로 없는 것 빼고는 다 있다. 마음이 평온해진다. 벼룩시장이야말로 내 취향과 맞기 때문일 것이다. 시간을 비껴간 것들에게는 누군가의 그리움이 배어 있다. 그래서 늘 애틋하고 정이 간다. 이런 곳에서는 몇 시간을 돌아다녀도 심심하지 않다.

생투앙 벼룩시장은 규모가 워낙 커서 몇 개의 구역으로 나뉘어 있다. 구역별로 특색이 조금씩 다르다. 하지만 반드시 무엇을 사야겠다는 목적이 있지 않는 한 무작정 돌아다녀보는 것도 괜찮다. 발길 닿는 곳은 모두 시장이다. 우연히 만나는 것들이 얼마나 큰 기쁨을 선물하는지.

골동품 시장에는 수천 가지의 물건들이 진열돼 있다. 그릇 · 거울 · 샹들리에 · 옷 · 인형, 각종 연장이나 도구들, 뿐만 아니라 오래된 사진 · 그림 · 고지도 · 음반 등 뒤적거릴수록 신기한 것들이 쏟아져 나온다. 우표는 물론 옛날에 누군가가 써서 보낸 엽서도 그대로 시장에 나와 주인을 기다린다. 신문기사 스크랩도 당당하게 상품이 되었다.

집에 있는 온갖 잡동사니를 트렁크에 싸들고 온 노부부가 한쪽에 자리를 잡더니 신문지만 한 전을 편다. 지나가다 이것저것 뒤적거린다고 누가 뭐라는 사람도 없다.

음반 가게 앞에서 한참 머문다. '사이먼 앤 가펑클'의 젊은 시절도 거기 있다. 고지도 가게도 그냥 지나칠 수 없다. 혹시 '독도는 한국 땅'이라고 표기된 고지도를 발견할지 누가 아는가? 끝내 찾지는 못했지만 그렇게 무언가 뒤적거리며 보내는 시간이 즐겁다.

점심 무렵에는 스탈린그라드 광장Place de Stalingrad으로 간다. 북쪽으로 운하가 연결되는 이 광장은 오래 앉아 시간을 보내기에 좋다. 한가운데에서는 집회가 열리고 떠돌이 악사도 한쪽 구석에 자리를 잡았다. 운하 옆에 카페가 있다. 그곳에 들어가 점심을 먹으며 느긋한 시간을 보낸다. 이렇게 가만히 앉아 있는 시간이 사랑스럽다. 순간 창밖으로 느닷없이 살벌한 풍경이 펼쳐진다. 무장경찰 몇 명이 아랍인으로 보이는 청년들을 으슥한 곳으로 끌고 가더니, 거칠게 몸수색을 한다. 수색이 끝난 뒤에도 한참 실랑이를 하는데 쉽사리 보내줄 것 같지 않다. 폭탄 테러의 후유증일 것이다. 지구촌이라는 곳에는 언제 평화가 오려는지.

저녁 무렵 몽마르트 언덕으로 간다. 저만치 계단 위로 어둠을 갑옷처럼 두르고 있는 성심성당(사크레 쾨르Sacre Coeur 대성당)이 눈에 들어오면서 가슴이 뛰기 시작한다. 보통은 산악 기차 '푸니쿨라'를 타고 올라가지만 이 정도 계단이야 얼마든지 걸어갈 수 있다. 200m 이상은 돼 보이는 계단을 하나씩 세며 올라가다 결국 숫자를 잊어버리고 말았다. 옆에서 함께 올라가던 이관영 씨가 나머지를 센다. 계단은 무척 가파르다.

드디어 마지막 계단. 그 끝에 성심성당이 기다리고 있다. 시간을 머금은 건축물은 존재 자체로 위엄을 보여주게 마련이다. 종교와는 상관없이 숙연한 마음으로 성당 앞에 선다. 몽마르트 언덕 위에 흰 대리석으로 지은 성심성당은 파리의 랜드마크 중 하나다. 우아한 자태의 돔이 인상적이다. 조명을 받아

WWW.IYA.FR
WWW.IYA.FR

보석처럼 빛난다. 성당을 등지고 파리 시내를 바라본다. 잔잔한 물결 같은 파리의 밤 풍경이 눈이 아닌 마음으로 들어온다. 저만치 조명을 밝힌 에펠탑이 보인다. 하늘을 찌를 것 같은 빌딩들이 빽빽한 서울의 풍경과는 무척 대조적이다.

성당 뒤쪽 기념품 가게·카페·레스토랑이 운집한 골목을 따라 테르트르Tertre 광장으로 간다. 화가들의 광장으로 불리는 이곳이야말로 몽마르트를 몽마르트답게 한다. 골목길 카페 안에서 들려오는 기타 소리가 흥겹다. 이곳에 오기 위해 땀을 흘리며 언덕을 올라온 것이다. 테르트르 광장의 상징은 관광객들을 상대로 초상화를 그려주는 무명화가들이다. 몽마르트 주변에서 가장 붐비는 곳으로 200여 년의 역사를 가지고 있다. 19세기 후반에는 피카소와 마티스 등도 즐겨 찾았다고 한다.

그런데 오늘은 뭔가 분위기가 이상하다. 화가들이 거의 보이지 않는다. 노인 화가들만 몇 명 남아 늦게 찾아오는 손님들에게 빈 시선을 던진다. 한참 초상화를 그리고 있는 화가의 등 뒤로 가서 기웃거리며 구경하고 있는데, 한 사람이 다가와 그림을 그리지 않겠느냐고 은근하게 묻는다. 이곳에서 그림을 그리려면 미리 흥정을 해서 가격을 정하고 시작하는 것이 좋다고 한다. 사람에 따라 그림 값이 들쭉날쭉한다. 사람 많은 곳은 어디나 마찬가지만, 특히 몽마르트 언덕에서는 '선수 급' 소매치기나 사기꾼을 조심해야 한다.

골목을 지나다가 그림 가게에 잠깐 들렀는데, 동양인 혼자 지키고 있다. 인사를 나누기도 전에 한국인이라는 것을 알 수 있다. 자세히 묻지는 않았지만 파리에서 아르바이트를 하며 공부하고 있는 모양이다.

"광장이 왜 이렇게 썰렁해요?"

"요즘 찾아오는 사람이 많이 줄어서 그래요."

몽마르트 언덕의 풍경들

"왜요?"

"폭탄 테러의 여파지요. 관광객 자체가 엄청나게 줄었으니까요."

씁쓸한 마음을 감추기 어렵다. 원인을 하나씩 따져보면 가해자와 피해자의 순서가 뒤죽박죽이 될 때도 많지만, 그렇다고 폭력을 정당하다고 할 수는 없다. 사람의 목숨을 거두는 것은 사람의 일이 아니기 때문이다.

몽마르트 언덕을 내려오는 길은 조금 쓸쓸하다. 파리 시내의 불빛도 흐리게 흔들린다. 모두 마음 탓이다.

5 주 차

파리에서 서울까지

사르트르와 보들레르를 만나다

¶

앞에서도 언급했지만, 파리의 지하철은 그물처럼 촘촘하게 엮여 있어서 어느 곳이라도 편하게 갈 수 있다. 지하철을 타고 다니면서 파리의 고집을 읽기도 한다. 지하철역의 통로는 낡고 좁다. 서울 지하철의 밝고 넉넉한 환경에 비하면 마치 미로를 헤매는 것 같다. 만약 초행길이라면, 지하철을 탈 때 주의해야 할 점 하나. 서울에서는 전철 문과 스크린도어가 자동으로 열리지만, 파리는 마냥 기다리다가 바보가 되기 십상이다. 내리려는 사람이 버튼을 누르거나 레버를 옆으로 내려야만 문이 열린다. 뻔히 알면서도 습관이 안 되어 넋 놓고 있기 일쑤였다.

전철 안 풍경은 우리와 크게 다르지 않다. 다만 스마트폰만 들여다보는 승객은 서울보다 훨씬 적다는 것. 여전히 책을 읽는 사람들이 꽤 많다. 늘

부러운 눈으로 바라보게 된다. 버스나 지하철에서 책 읽는 사람을 보는 게 얼마나 귀한지. 눈살 찌푸리게 하는 불량기 가득한 청년도 있다. 다리를 쭉 뻗어 앞자리에 발을 올려놓고 있다가 다른 손님이 앉겠다는 의사표시를 해야 미적미적 다리를 내린다.

'Metro Cite' 역에서 내려 센 강을 건넌다. 시테 섬으로 들어가는 길이다. 오늘의 목적지는 노트르담 대성당. 오랫동안 가보고 싶던 곳이다. 그냥 그렇게 막연하게 그리운 곳이 있다. 성당에 도착을 하기도 전에 장엄한 종소리가 울려 퍼진다. 아! 일요일 아침이구나. 종지기 콰지모도(빅토르 위고의 소설 『파리의 노트르담』 주인공)가 종이라도 치는 양 기대감에 괜스레 두리번거린다. 소설이나 영화의 배경이 되는 곳에 가면 가끔 비현실적인 기분이 든다. 오늘은 내내 콰지모도와 함께할 것 같다.

노트르담 대성당의 이름을 들어보지 못한 사람은 거의 없을 것이다. 세계에서 가장 유명한 성당 중 하나이니까. 소설이나 영화의 배경이 아니더라도, 유럽의 고딕 양식을 대표하는 건축물인 노트르담 대성당은 찾아가볼 만한 곳이다. 1163년 교황 알렉산더 3세에 의하여 공사가 시작되어 167년이라는 세월에 걸쳐 세워진 이 성당은 12세기 고딕 건축의 걸작으로 꼽힌다.

성당 건물은 무척이나 장엄하다. 각도에 따라 여러 모습을 보여준다. 특히 정교한 조각들이 눈길을 끈다. 세 개의 출입문이 있는데 북쪽 문은 '성모 마리아의 문' 중앙 문은 '최후의 심판 문' 남쪽 문은 '성 안나의 문'이라고 한다. 각각 성서에 나오는 이야기가 그림으로 새겨져 있다. 성당을 지을 당시 문맹자들을 위한 배려였다고 한다. 일요일이라서인지 유명세를 치르느라 그런 건지 유난히 관광객이 많다.

다른 사람들은 성당 건물의 아름다움에 빠질지 모르지만, 나는 빅토르

HORA
HORA
FELIZ
5.50

위고와 『파리의 노트르담』이 생각나고, 그 소설을 바탕으로 만든 영화 〈노트르담의 꼽추〉가 먼저 떠오른다. 애꾸눈에다 절름발이요, 게다가 귀머거리였던 성당의 종지기 콰지모도. 그리고 성당의 부주교까지 흔들어놓을 만큼 치명적으로 아름다웠던 집시 여인 에스메랄다. 그 극도의 대비가 머릿속에 그림처럼 떠오르고, 비극을 잉태하고 태어난 사랑이 화재의 현장을 보듯 빠르게 지나간다.

성당 마당에는 참새에게 먹이를 주는 노인이 긴 여행에 지친 사내에게 잠시 시선을 던진다. 센 강 난간에 기대어 성당 건물을 오랫동안 바라본다. 종소리는 그친 지 오래, 세상은 고요하다.

'생 제르망 거리'를 걷는다. 젊은이들의 거리라고도 하지만 노인도 많다. 거리의 악단도 노인들로 구성돼 있다. 그들의 흥겨운 음악에 맞춰 길을 걷던 젊은이들이 어깨를 들썩거린다. 음악이 세대를 연결하는 끈 역할을 하는 것이다. 이곳은 과거 문화인의 거리로 유명했지만 고급스러운 상점이 들어서기 시작하면서 파리의 멋쟁이들이 몰려드는 쇼핑가로 변신했다고 한다. 그래서 관광객들은 샹젤리제를 찾고 파리 사람들은 생 제르망 거리를 찾는다는 말이 있다.

마음을 끄는 것 중 하나는 길거리 카페. 도로 옆 파라솔 아래 앉아 차를 마시는 정취가 남달라 보인다. 조금 쌀쌀한 날씨에도 카페 안으로 들어가는 사람보다 밖에 놓인 좁은 의자에 앉으려는 사람들이 더 많다. 마침 자리가 나서 얼른 앉아 차를 주문했다. 숱한 언어가 허공을 부유하는 가운데 듬성듬성 한국말도 들린다. 이렇게 잠깐 앉아서 즐기는 휴식이 삶의 쉼표다. 우리는 쉬기 위해 달리는 건 아닐까 싶을 만큼 이 시간이 안온하다.

생 제르망 거리에서 멀지 않은 곳, 파리 제6구 센 강 왼편에는 '뤽상부르

공원'이 있다. 루이 13세가 뤽상부르 궁전 안에 지은 프랑스식 정원이다. 공원에는 봄이 미처 당도하기도 전에 꽃들이 먼저 와 있다. 매화가 바람에 놀란 것처럼 화들짝 피어 파르르 떨고 있다. 섬진강 강변 어디쯤 서 있기라도 한 듯 반가운 마음에 쉽사리 걸음을 옮기지 못한다. 푸른 잔디와 방금 꽃잎을 연 매화. 작은 호수와 그 주변에 앉아 오후의 햇살을 즐기는 사람들…. 한나절쯤 마음을 눅이며 쉬고 싶을 만큼 평화로운 풍경이다.

공원을 벗어나 걷고 또 걷는다. 그 나라, 그 도시를 아는 가장 좋은 방법은 걷는 것이다. 차를 타고 지나갈 때는 볼 수 없던 것들이 비로소 눈에 보이고, 끝내 내 안으로 들어오게 마련이다. 지금 찾아가는 곳은 몽파르나스 Montparnasse 공동묘지다. 이곳 역시 언젠가 꼭 찾아보리라 마음먹었던 곳이다. 작가이자 실존주의 철학자인 사르트르가 누워 있고 시인 보들레르가 잠들어 있기 때문이다.

'장 폴 사르트르'라는 이름이 적힌 무덤은 공동묘지의 입구에서 멀지 않다. 사르트르의 무덤은 다른 무덤과 구분이 안 될 정도로 평범하다. 다만 최근에 사람들이 다녀간 흔적이 고스란히 남아 있다. 아직은 싱싱하거나 시들어가는 꽃다발 세 개와 캔 음료 하나…. 그리고 낡아가는 여러 장의 편지. 이거면 됐다. 죽어서도 편지를 받을 수 있는 사람이면 한생을 경작하는 데 실패하지 않은 것이다. 그나저나 꽃들 옆에 놓인 숱한 지하철 티켓의 의미는 무엇일까? 사르트르, 당신을 보러 먼 곳에서 왔어요. 그런 뜻이라도 담겨 있는 것일까?

작은 키에 사팔뜨기였지만 유머를 잃지 않아서 주변을 곧잘 웃겼다는 사르트르. 나는 그를 실천하는 지식인으로 기억한다. 제2차 세계 대전 때에는 독일에 저항하다 전쟁 포로가 되기도 했고, 베트남 전쟁 반대운동을 벌

파리 14구에 위치한 몽파르나스 공동묘지는 프랑스의 숱한 예술가, 지식인들이 누워 있는 곳으로 페르 라쉐즈 묘지, 몽마르트 묘지와 함께 파리의 3대 공동묘지로 꼽힌다. 사르트르와 보들레르 외에도 소설가 모파상, 극작가 사무엘 베케트, 작곡가 세자르 프랑크 등이 잠들어 있다.

이기도 했다. 그리고 또 하나 뇌리에 각인될 만한 이력이 있다. 노벨상이 서구 작가들에게만 치우쳐 있어서 공정성을 잃었다는 이유로 1964년 노벨 문학상을 거절했다는 결기. 내가 그의 묘 앞에서 오랫동안 묵념을 하게 만든 이유다.

사르트르의 무덤에는 그의 '영원한 연인' 시몬 드 보부아르가 함께 묻혀 있다. 비석에 이름을 나란히 적은 그녀 역시 사르트르에게 영향을 받은 실존주의 소설가이자 사상가다. 사르트르와 보부아르의 관계는 한 마디로 정의하기가 어렵다. 공식적인 부부이자, 영원한 동반자이면서도, 그들은 자유롭게 각자의 연애를 했고 삼각관계에 빠지기도 했다. 그들은 둘이었지만 또 하나였다. 죽어서는 끝내 같은 무덤에 묻혔다. 내겐 그것이 중요하다. 우여곡절이 많았지만 그들을 마지막까지 함께하게 해준 건 사랑이었을 거라고 믿기 때문에.

돌아서려는데 묘비에 가득 찍힌 입술자국이 눈에 들어온다. 일부러 립스틱을 짙게 바르고 찍은 듯 하나하나가 선명하다. 이건 무슨 뜻일까? 사르트르와 보부아르에 대한 존경의 마음일까? 아니면 그들이 나눴던 '특별한' 사랑에 대한 애정 어린 표현일까. 세상을 뜬 지 수십 년이 되도록 꽃다발과 키스를 받는 사람들에게 경의를 표한다.

사르트르와 보부아르에게 작별을 고하고 다시 무덤 사이를 걷는다. 멀리서는 비슷해 보이던 무덤들도 자세히 보면 하나하나가 개성을 띠고 있다. 살아서 그랬듯이, 죽어서도 각자 다른 모습으로 누워 있는 셈이다. 각자 개성 있는 모양으로 조성된 무덤 사이를 걷다 보면 마치 조각 공원에 들어선 느낌이 든다.

천천히 걸음을 옮겨 시인 보들레르를 찾아간다. 예상 외로 그의 무덤을

나란히 묻힌 사르트르와 보부아르. 그리고 비석의 키스 마크

찾는 게 쉽지 않았다. 입구의 안내판에서 분명히 위치를 확인했는데, 한참을 헤매다 유난히 꽃이 많이 놓여 있는 무덤을 발견했다. 가까이 다가가 묘비에서 무덤의 주인을 확인한다. 샤를 보들레르. 19세기 프랑스가 낳은 가장 위대한 시인. 저주받은 천재시인. 현대 시의 시조라고 불리며 상징 시의 산맥이라고도 일컬어지는 사람. 파리의 우울, 악의 꽃, 매독, 잔느 뒤발, 금치산자, 댄디즘… 46년이라는 길지 않은 생을 살면서 숱한 수식어를 남기고 떠난 시인의 무덤 앞에서 내 심장은 감동으로 거칠게 뛴다.

보들레르의 삶을 따라가 보면 그가 읊었던 바보 같은 바다새 알바트로스를 닮았다는 것을 알 수 있다. 아니 보들레르뿐 아니라 모든 시인이 그럴지도 모른다. 보들레르가 스스로 저주받았다고 말했듯이 저주받고 태어난 모든 존재가 시인이라는 이름으로 살아가는지도 모른다. 유배당한 알바트로스처럼….

자주 선원들은 심심풀이로 붙잡는다.
거대한 바다 새인 알바트로스를
아득한 심연 위를 미끄러지듯 나아가는 배를
태평스레 뒤따르는 길동무를.
(중략)

시인은 폭풍우를 넘나들고 사수들을 비웃는
이 구름의 왕자와 비슷하다.
야유 속에 지상에 유배당하니
거인의 날개가 걷기조차 힘겹게 하는구나.

-보들레르, 「알바트로스」 중에서

보들레르에 대해 아는 것이라고는 몇 편의 시가 전부이지만 그와 술이라도 한잔 나누면 좋겠다는 생각에 무덤 앞을 서성거린다.

몽파르나스 타워에서 에펠탑을 보다
¶

한 달 일정의 여행이 종착역을 향해서 숨 가쁘게 달리고 있다. 오늘은 파리를 여행할 마지막 날이다. 맨 뒤로 미뤄놨던 에펠탑을 찾아가기 위해 길을 나선다. 그동안 먼발치에서 여러 번 봤지만 가까이 가는 건 처음이다. 민박집에서 나오기 전에 여권과 지갑을 캐리어에 넣어둔다. 현금이 조금 들어 있는 가방은 옷 속에 여민다. 이제 카메라만 잘 챙기면 된다. 파리의 소매치기 총본산이 에펠탑이라니 준비를 단단히 하는 것이다.

지하철 'Trocadero' 역에서 나오니 에펠탑이 마중이라도 나온 듯 가까이 서 있다. 역광의 시간이라 눈이 부시다. 천천히 걸어 센 강을 건넌다. 흐린 강물도 햇살을 받으니 보석처럼 빛난다. 그 위를 유람선이 지나고 나는 난간에 기대어 손을 흔든다. 그러고 보니 어느 도시에 가서도 유람선을 타

본 적이 없다. 그러다 혼자 슬그머니 웃는다. 한강 유람선도 아직 못 타봤는데. 다리 위로 자전거를 탄 일가족이 씽씽 지나간다. 평화로운 풍경이다.

가까이서 보니 역시 에펠탑의 위용이 대단하다. 높은 빌딩이나 구조물이 거의 없는 파리에서는 단연 돋보일 수밖에 없다. 1889년 프랑스 혁명 100주년을 기념해 개최된 파리 만국박람회 때 구스타브 에펠의 설계로 세워진 탑. 301m의 높이는 당시로서는 세계 최고였다고 한다.

파리의 랜드마크라는 그럴 듯한 이름으로 불리기는 하지만 이 엄청난 철골 구조물은 이방인인 내가 봐도 무척 이질적이다. 당시 파리 사람들이 반대한 이유를 알 것 같다. 고통의 현장이라 불렸을 정도로, 에펠탑에 대한 파리 시민의 반대는 극렬했다고 한다. 그중에도 가장 앞장선 이들이 예술가들이었다나?

G. 모파상과 관련한 재밌는 일화가 떠오른다. 장편 소설 『여자의 일생』으로 유명한 모파상 역시 에펠탑 건립을 무척 반대했던 모양이다. 그러던 그가 에펠탑이 완공되자마자 그 아래 카페를 차지하고 앉아서 식사도 하고 글도 쓰더란다. 그 모습이 얄미웠던 누군가가 물었단다.

"그렇게 열심히 반대를 하더니 어찌 이렇게 자주 오시나요?"

그러자 모파상은 태연하게 식사를 하며 대답했다고 한다.

"파리 시내를 아무리 봐도 에펠탑이 안 보이는 곳은 이곳뿐이라서 그렇다네."

농담 같은 일화이기는 하지만 정말 에펠탑을 보지 않고 파리를 돌아다니기란 쉬운 일이 아니다.

에펠탑에는 전망대가 3개나 있다는데, 늘 그렇듯 멀리서 바라보고 지나가기로 한다. 그 사이에 조금 더 걷기로 한다. 가까이에서는 흉측한 쇳덩이처럼 보이더니 조금씩 멀어지면서 다시 탑은 탑으로 살아난다. 뭐든지 거리는 그렇게 중요하다. 탑이 한눈에 들어오는 곳까지 물러나 오래 올려다본다. 새들도 꼭대기까지 올라가기는 버거운지 허리춤쯤에서 날아다닌다.

느닷없이 짜장면이 먹고 싶어진 건 긴 여행을 마치고 파리에 도착한 다음 날이었다. 브노아, 미진 씨와 함께 민박집에서 저녁식사를 하던 날 짜장면 이야기가 나왔다. 사람 심리가 참 이상한 것이, 며칠만 기다리면 서울에 가서 짜장면을 실컷 먹을 수 있을 텐데, 금방 먹지 않으면 어디 아프기라도 할 것처럼 안달이 나고 말았다. 그래서 미진 씨와 진석, 나 셋이서 짜장면을 먹기로 했다. 파리에서 오래 살아온 미진 씨 정보에 의하면 '송산'이라는 집의 짜장면이 유명하다고 해서 그 집에 가기로 했는데, 마침 월요일에는 문을 닫는다고 한다. 그래서 대안으로 파리 15구에 있는 한식당 '다미'라는 곳을 찾아냈다. 이곳은 한식당이기는 하지만 없는 음식이 없다. 라면에서 불고기까지 메뉴판이 빽빽한 것은 물론 짜장면 같은 중국 음식도 먹을 수 있다.

에펠탑에서 파리 15구까지 걸어가 미진 씨를 만났다. 파리 15구는 한인촌이라고 이름 짓지는 않았지만 한국인들이 많이 모여 사는 동네다. 그러다 보니 한국인들이 운영하는 식당·슈퍼·미용실·한인 교회 등이 많고, 한국문화원도 이곳에 있다. 마침 점심시간이라 다미로 가서 쟁반짜장과 짬뽕을 시켰다. 서울에서 먹는 것과 비교하면 그리 뛰어난 맛이라고 할 수는 없지만, 얼마 만에 먹는 짜장면인지 게 눈 감추듯 순식간에 먹어 치웠다. 사람이 변한다는 게 이런 것일까? 전에는 외국에 나가면 현지 음식으로도 충분히 만족했는데 이번 여행에서는 자꾸 내 나라에서 먹던 음식이 그리워진다. '음식은 입과 배만 채우는 게 아니라 마음을 채우는 것이기도 하다'라는 말로 설명이 가능할까?

점심을 먹고 나와 미진 씨와 함께 파리 시내를 걷는다. 모처럼 하늘이 얼마나 맑은지 어떤 청년은 귀한 햇볕에 일광욕이라도 하듯 웃통을 벗고 반바지 차림으로 걸어간다. 오후의 목적지는 몽파르나스 타워. 물론 빌딩을 구경하러 가는 것은 아니다. 몽파르나스 타워는 파리 15구에 있는 약 210m의 초고층 빌딩이다. 높은 건물이 없는 파리로서는 아주 특별한 빌딩이다. 59층의 옥상 전망대와 레스토랑이 있는 56층을 일반인에게 공개하고 있다. 특히 옥상은 에펠탑을 비롯해 파리 시내가 한눈에 내려다보이기 때문에 여행객들이 많이 찾는다. 입장료는 25유로, 3만 원이 넘는 돈을 내야 한다. 오늘 우리가 보려는 것은 에펠탑의 야경이다.

높은 곳에서 바라보는 파리는 지금까지 본 파리와는 또 다른 느낌이다. 파리 지도를 펼쳐서 읽어주는 듯 친절하다. 저기가 에펠탑·개선문·몽마르트 언덕·루브르 박물관… 어제 갔던 몽파르나스 공동묘지도 있구나. 파노라마를 보듯 전망대의 사방을 돌아다니며 파리의 모습을 하나하나 눈에 담는다. 끝까지 감탄을 금할 수 없는 것은, 어떻게 한 도시 전체를 이렇게 잔잔하게 유지할 수 있었을까 하는 점이다. 빌딩 높이에 대한 욕망을 누른 사람들이 대단하기도 하고 부럽기도 하다. 파리가 평지 위에 세워진 도시라고는 하지만, 에펠탑을 제외하고 그 무엇 하나 튀지 않는 풍경은 경이롭다.

해가 설핏 기우는가 싶더니 서쪽 하늘이 붉어지기 시작한다. 결국 파리 전체가 누군가 붓질이라도 하는 듯 붉게 채색된다. 어느 순간 에펠탑에 조명이 들어온다. 곧이어 약속이라도 한 듯 모든 건물들이 불을 밝힌다. 아! 감탄사가 저절로 나온다. 역시 파리 시내는 아름답다. 몽마르트 언덕에서 보는 것과 비교할 수 없을 만큼 넓어진 시야 덕분에 감동도 더 커졌다. 에펠탑에서 쏘는 녹색 광선 같은 조명이 곳곳을 훑고 지나간다. 더 이상 설명할 언어가 없다. 빌딩에서 내려오기 전에 59층 옥상에서 다시 한 번 파리를 가슴에 펴 담는다. 내가 언제 다시 이곳에 올 수 있을지. 잘 있어라. 파리의 밤 풍경이여!

굿바이! 파리

¶

마지막이라는 단어를 아끼고 싶지만, 어쩔 수 없이 마지막 날이 왔다. 한 달의 여정. 파리에서 출발, 15개국을 거쳐 다시 파리로 오는 내내 참 많은 일들이 있었다. 끝내 가슴에만 기록해야 할 일도 많았다.

민박집 창문으로 내다보이는 거리에는 추적추적 비가 내리고 있다. 파리에 도착하는 날 비가 내리더니 떠나는 날에도 비가 내린다. 그러고 보면 비도 눈도 참 많이 맞고 다닌 여행이었다. 비행기 출발시간이 오후라 시간이 남는다. 아무리 비가 많이 내린다고 해도 그냥 떠나면 여행자가 아니다. 마지막 한 곳을 들른다면 어디가 좋을까? 이것저것 검색하던 진석이 묻는다.

"형님! 대한제국에서 파리만국박람회에 출품했다가 수송비가 없어 두고 간 악기들이 있다는데 가보실래요?"

파리에서 만난 대한제국 악기들

"아! 파리에 그런 곳이 있어? 무조건 가봐야지."

파리 사람들처럼 우산도 쓰지 않고 박물관을 찾아 나섰다. 박물관 건물은 어렵지 않게 찾았지만, 전 세계 악기 중에 한국 악기를 찾는 것은 보통 일이 아니었다. 입구에서부터 이 사람 저 사람 붙잡고 물어봐도 대한제국의 악기가 어디 있는지 가르쳐줄 만한 사람이 없다. 팸플릿에서도 'Corée'라는 이름을 찾을 수 없다. 무작정 찾아보는 수밖에. 이 방 저 방 돌아다니면서 감탄사만 연발한다. 세상에 악기가 이렇게 많았던가?

미로를 헤매듯 이곳저곳 돌아다닌 끝에 드디어 유리 진열장 안에 전시해놓은 대나무 악기를 발견했다. 한눈에 봐도 우리 것이다. 가슴이 뛰기 시작한다. 앞의 지공指孔이 다섯인 것으로 봐서 퉁소인 것 같지만, 안내원에게 물어봐도 고개를 젓거나 어깨를 으쓱거릴 뿐이다. 명찰에 쓰인 'tongso'라는 글씨만 내 짐작을 뒷받침한다. 오래전 우리 땅에서 온 악기와 시선을 마주치는 순간 전율 같은 게 온몸을 훑는다. '국수주의'를 넘어서는 특별한 감정이다. 뜻하지 않은 곳에서 오래 전에 헤어진 혈육을 만난 것 같은 느낌이랄까. 한 세기 넘게 견뎌온 설움이 거기 고스란히 고여 있다.

우리 전통악기 15점이 파리에 남은 사연은 기구하다. 1900년 파리에서 열린 '파리만국박람회'가 발단이었다. 고종 황제는 대한제국을 널리 알리기 위해 박람회에 참여하기로 한다. 박람회에 전시할 희귀하고 좋은 물품을 백성들에게 직접 구입한다면서, 1989년 6월 3일자 독립신문에 광고까지 실었다. 우여곡절 끝에 악기를 비롯해 문방사우·화폐·무기·의상·그릇 등 의식주와 관련한 전시품들을 선정했다. 파리에 도착한 물품들은 국제박람회 최초로 '한국관'에 전시돼 많은 관심을 끌었다. 여기까지라면 얼마나 좋았을까. '고요한 아침'의 나라를 세상에 알리는 계기가 됐을 테니.

문제는 박람회가 끝난 다음이었다. 전시품을 다시 본국으로 수송해야 했지만 비용을 조달할 방법이 없었다. 필요한 경비는 '20만 프랑'이었다. 가난한 나라의 비애였다. 결국 전시품을 모두 프랑스에 기증하고 사람만 돌아올 수밖에 없었다. 1900년 11월 12일 만국박람회가 폐막된 뒤, 전시됐던 물품 중 공예품은 프랑스 공예예술박물관으로, 악기는 프랑스 국립음악원의 악기박물관으로 옮겨졌다. 그때 두고 온 악기 중 11점이 잠깐 귀국한 적이 있었다. 2012년 8월부터 10월까지 한국의 국악박물관에서 특별전시회가 열렸을 때다. 112년만의 귀환이었다.

퉁소 외에 다른 악기들을 발견한 것은 전시실을 한참 더 돌아본 뒤였다. 퉁소와 꽤 떨어진 곳에 몇몇 악기들이 나란히 전시돼 있다. 용고龍鼓라는 이름의 북·거문고·대금·해금·무령(무당이 굿을 하거나 점을 칠 때 사용하는 방울). 애틋함과 반가움이 겹친 감정을 추스르는 게 생각보다 쉽지 않다. 우리 땅 누군가의 손에서 태어났을 하나하나를 한참씩 들여다본다. 기울어가는 나라, 힘없는 임금의 심사를 읽어내려고 애써본다. 돈이 없어 전시품을 두고 가야 하는 이들의 심정은 또 얼마나 쓰라렸을까.

다른 나라의 악기들은 눈에 들어오지도 않는다. 쓰다듬듯 하나씩 들여다보다 어렵게 발길을 돌린다. 박물관 밖으로 나오니 여전히 비가 내리고 있다. 흠뻑 젖은 파리 시내를 한참 걸어도 마음에 얹힌 무게는 덜어지지 않는다. 생각이 꼬리에 꼬리를 문다. 116년이 지난 지금, 우리는 내 나라의 것을 온전히 지킬 만한 힘을 갖고 있는 것일까.

탑승 시간을 계산해보니 한 곳 정도는 더 들렀다 가도 될 것 같았다. 어렵지 않게 결정한 곳이 레퓌블리크République 광장이다. 왕정을 없애고 공화제를 도입한 프랑스 혁명을 기념하기 위해 조성한 이 공화국 광장을 파리

테러 희생자를 추모하는 레퓌블리크 광장

의 심장이라고 부르기도 한다. 한복판에 서 있는 동상은 '공화국' 프랑스를 상징하는 수호 여신 마리안느.

레퓌블리크 광장을 찾은 것은 특별한 의미가 있다. 이곳이 바로 파리 테러 희생자들의 추모 광장이다. 파리 시는 테러 희생자를 기억하자는 뜻에서 이곳에 추모 글을 적은 명판 등을 설치했다. 광장의 촛불은 빗속에도 꺼지지 않고 타오르고 있었다. 희생자들의 사진과 추모하는 문구가 빽빽하게 적혀 있다. 그리고 숱한 꽃과 화분들. 이들은 잊지 않겠다는 굳은 의지를 광장에 걸어두었다. 한 여자가 빗속에 우산도 없이 서서 하염없이 눈물을 흘리고 있다. 누구를 잃었을까. 광장을 여러 번 돌며 평화를 기원하는 촛불 하나 켜두고 발길을 돌린다.

이제 파리를 떠날 시간. 숙소에 들러 짐을 챙겨 들고 공항으로 가면, 길고도 짧았던 여행의 한 페이지가 넘어간다. 빗속을 걸어가는 동안 내 안에 스크린 하나가 걸리고, 그 위로 한 달의 시간이 천천히 지나간다. 그래, 행복한 날들이었어. 아니, 늘 그랬듯, 행복했던 시간만 기억할 거야. 마음의 손을 힘차게 흔든다.

안녕, 파리! 안녕, 유럽! 안녕, 오로라!

안녕, 파리! —————————— 안녕, 오로라!

EPILOGUE

새벽 Aurora / 그리고 북극의 빛 Northern light

PART 01

기다림.
무언가를, 누군가를 간절하게
기다려본 적이 있나?

하염없이 하늘만 보고 긴 한숨만 내쉬는 기약 없는 기다림의 시간이다. 영하 28도. 바람이 가장 잘 불어오는 벌판 가운데 서 있다. 기약 없는 기다림 때문일까? 살면서 처음 접해보는 추위조차 느낄 수 없이 그저 막막한 시간이다. 그렇게 긴 시간을 말없이 보내고 있다.

그렇다. 언제 올지 모르는 상황에서의 기다림은 집착이며 애증이다. 나는 집착하고 있다. 너를 애증하고 있는 것이다.

PART 02

결국
오지 않았다

카메라를 메고 뒤를 돌아보며 자리를 떠난다.
혹시 내가 떠난 사이에 나타나지 않을까? 하는 간절함 때문일 것이다.
결국 너는 오지 않았다.
허탈한 마음보다 너에 대한 원망으로 무거운 발걸음이었다.
물론 내가 원한다고 반드시 만날 수 있는 존재가 아님을 알고 있지만,
나의 운에 기대를 걸었던 만큼 허탈감도 크게 느껴진다.
한 마리의 고기도 잡지 못하고 빈 망태만 들고 집으로 가는
어부의 심정일까?
나의 빈 망태는 한없이 무겁기만 하다.

PART 03

다시
너를 기다리며

기온이 뚝 떨어졌다.
몸 상태보다 카메라 상태를 더 걱정하는 내 모습이
너를 만나기 위한 애타는 마음을 대신한다.
시간은 어느덧 자정이 넘었다. 구름 한 점 없는 밤하늘이다.
달빛이 얼어붙은 호수 위에 살짝 내려앉았다.

PART 04

만나야 할 사람은 반드시 만나게 되어 있다

내 머리 위로 희미하게 흰 구름이 만들어졌다.
너라는 것을 알 수 있었다.
그리고 점점 더 확실한 모습으로 나타나는 너를 보며
순간 몸이 움직이지 않았다.
너무 긴장한 것일까?
너를 만나려고 오랜 시간 아주 먼 지구 반대편에서
찾아온 나를 위해 활짝 웃는 너의 모습에
나는 얼음이 되어버렸다.

오로라

오로라를 보기 위해 참 먼 길을 달려왔다.
스웨덴, 노르웨이, 핀란드의 북유럽을 거쳐 캐나다 옐로나이프까지
거리를 계산해보지 않았지만 멀고 험난한 일정이었다.
왜 오로라였을까.
그리고 오로라를 통해
난 무엇을 이야기하고 싶었나?

ARCTIC CAT

긴 시간은 아니지만 나는 쉼 없이 사진을 찍어왔다.
발걸음이 닫는 대로 카메라 한 대 메고
전 세계를 걸어다니는 나에게, 오로라는 내 귀에 속삭였다.

잠시 쉬어가라고,
천천히 천천히,

세상을 바라보고 사람들을 만나라고.

- 사진작가 김진석

여 행 자 의
마 지 막
버 킷 리 스 트

초판 1쇄 발행 2016년 12월 12일 초판 2쇄 발행 2017년 2월 27일

지은이 이호준, 김진석
펴낸이 연준혁

출판 1본부 이사 김은주
출판 1분사 분사장 한수미
책임편집 최연진 디자인 마망

펴낸곳 (주)위즈덤하우스 출판등록 2000년 5월 23일 제13-1071호
주소 경기도 고양시 일산동구 정발산로 43-20 센트럴프라자 6층
전화 031)936-4000 팩스 031)903-3893 홈페이지 www.wisdomhouse.co.kr

값 15,800원 ISBN 978-89-5913-095-5 03810

국립중앙도서관 출판시도서목록(CIP)

세상의 끝, 오로라 : 여행자의 마지막 버킷리스트 / 지은이: 이호준, 김진석. — 고양 : 위즈덤하우스, 2016
p. ; cm

ISBN 978-89-5913-095-5 03810 : ₩15800

유럽 여행[—旅行]
여행기[旅行記]

982.02-KDC6
914.04-DDC23 CIP2016029147